José Caballero Blanco

TRATANDO DE VIVIR DEL CUENTO:
Cuentos y relatos

Publicado por
D'har Services
P.O. Box 290
Yelm, Wa 98597
www.dharservices.com
info@dharservices.com
dharservices@gmail.com

Carátula© Xiomara García
Corrección y estilo Alain de León

ISBN-13: 978-1939948-45-8

Impreso en Estado Unidos

No hay reconocimiento que toque tanto el corazón de un escritor, como la frase del lector, cuando dice:

¡Me gusta!

José Caballero Blanco

ÍNDICE

PRÓLOGO

Es un honor presentar el cuarto libro del escritor José Caballero Blanco titulado *Tratando de vivir del cuento: cuentos y relatos.*

Aprecio profundamente el trabajo que realiza el autor, manifiesto mi predilección por sus estilos literarios. José Caballero Blanco, poeta nato, recopila sus poemas en su primer libro *Aprendiz de Poeta.* En su segundo libro *UMAP (Unidad Militar de Ayuda a la Producción)*, el autor hace un acróstico real de lo que fue la UMAP, *Una Muerte A Plazos.* Como su nombre lo indica, esa unidad representó una muerte lenta para los jóvenes que cayeron bajo las redes de la tiranía Castrista, un libro donde el autor desnuda su alma y expone el maltrato físico y psicológico al que fue expuesto. En su tercer libro *Preciosa,* el escritor hace un llamado para salvar a los animales y darles buen trato. Nos brinda una linda sinopsis del amor desinteresado de los animales, y nos regala una bella obra dónde salva a un animal callejero que luego se convierte en su compañera inseparable. Ahora en su cuarta obra de brillante redacción, se le suma su trabajo de investigación donde *se caracteriza su realismo y sencillez narrativa dando realce a cada historia.*

Encontramos hechos vividos, anecdóticos y complejos, más una fina línea de humor que enriquece todas sus obras.

Definitivamente en esta última producción literaria podemos crear un vínculo de amistad con el autor. Aprovecho para felicitar a José Caballero Blanco por su excelente trabajo.

Invito al lector a incursionar y ahondar en los sentimientos expuestos en cada una de estas cuarenta narraciones.

Edilma Ángel
Director Ejecutivo
D'har Services Editorial Arte en Diseño Global
Escritora y Psicoterapeuta Pránica

JOSÉ CABALLERO BLANCO

Cubano–americano

Reside en los Estados Unidos. Obtuvo dos menciones en los concursos Lincoln–Martí de poesía «2009 y 2010».

Mención de Honor, Primer Concurso Latinoamericano Virtual de Poesía de la Editorial D'har Services «2011».

Tiene publicado tres libros:
APRENDIZ DE POETA.
UMAP. Una Muerte a Plazos. «Sus memorias de los campos de trabajos forzados, en su natal Cuba»

Publicado por D'har Services Editorial Arte en Diseño Global.

PRECIOSA donde el autor plasma su amor por los animales y narra la vida de Preciosa. Publicado por D'har Services Editorial Arte en Diseño Global

Los cuales se encuentra en www.amazon.com

Asiste al "Club de Literatura" de Francisca Argüelles, ha participado en las antologías: Un Horizonte Literario año 2010. Navegante De Palabras año 2012. El Espacio Infinito Del Cuento año 2014. Publicados por D'har Services Editorial Arte en Diseño Global

Colaboró en el año 2015 con la señora Priscila De la Cruz, en su libro: Cerca muy cerca, un homenaje a los niños de Fundación, Magdalena, Colombia. Editado por D´har Services, Editorial Arte en Diseño Global.

Formó parte del libro "Si te contara..." editado por Publicaciones Entre Líneas, de Pedro Pablo Pérez Santiesteban, 2015.

Desde su juventud los poemas han sido refugio en situaciones difíciles de su vida.

Participó en la revista Mujer, con cuentos cortos, artículos y poemas.

El manifiesta que, "Escribir es mi terapia", haciendo versos es como aprovecha la extensión de su licencia para vivir dada por Dios.

CANDELA

La situación no podía ser peor para esa compañía del ejército constitucional de la República de Cuba. Rodeados de rebeldes en esa loma, donde por suerte no escaseaba el agua, gracias a la corriente de un arroyuelo, que corría por una no muy honda cañada, pero la comida brillaba por su ausencia.

Hacía más de dos días que se habían acabado todos los abastecimientos y hasta las municiones se había dado la orden de ahorrarlas y disparar solamente sobre el enemigo visible.

La tropa era disímil, pues la componían desde guardias viejos y barrigones, acostumbrados al ocio de los tiempos de paz, hasta quienes no tenían ni barba. De la primera reserva llamada a filas, cuando se comenzó a combatir a los alzados en armas.

Muchos de los enlistados eran jóvenes campesinos, con solo la educación más elemental. Quienes pensaron que podrían progresar ingresando en el ejército.

No era el mismo general Fulgencio Batista y Zaldívar un guajirito retranquero de trenes, en Banes, que en las Fuerzas Armadas se había hecho taquígrafo y mecanógrafo, llegando a sargento y que gracias a oportunidades históricas que supo aprovechar, llegó hasta ser Presidente de la República.

Verdad que estos no eran los tiempos de la Revolución del 33 que derrocó al general Machado, ni del 4 de septiembre, cuando el famoso movimiento de los sargentos y clases acabaron con la vieja oficialidad y después del consabido "quítate tú, para ponerme yo", que traen todos esos movimientos políticos, se hizo la Constitución del 40, siendo Batista presidente electo
.

Ciertamente, estos no eran esos tiempos. Estos eran tiempos del 26 de julio y de alzados en las montañas, de donde había que ir a sacarlos con tiros, aunque eso se dice mucho más fácil, de lo que se hace.

Entre este grupo estaba un recluta de apellido Reyes, de la zona de Puerto Padre y a quien por su pequeña estatura y su cara de niño casi no tomaban en cuenta los guardias viejos. Estos que habían aprendido mucho con su antiguo jefe, el comandante del regimiento 8 Calixto García, coronel Fermín Cowley Gallegos (muerto en un atentado); considerado por sus enemigos un asesino, debido a su mano férrea; y por su tropa alabado como héroe.

A resguardo en una trinchera excavada aprisa, tras el tronco de una palma derribada, estaba Reyes con un fusil Springfield 1903 y un negro de apellido Tyson. Como se dice en cubano "un pichón de Jamaicano" más prieto que una noche sin luna, sosteniendo en sus manos un fusil Garand M1.

Como el cubano es amigo de tirarlo todo a broma, nadie conocía a Tyson por su apellido, sino que le latinizaron el nombre, llamándole "Tizón de carbón", por su color negro, sin nunca ponerse bravo por tal falta de respeto a su herencia paterna inglesa.

Reyes, dijo Tyson:

–Tengo las tripas que me suenan como las maracas del Trío Matamoros, tocando un son montuno. El hambre me hace querer salir de este hueco, para que me maten un balazo de una vez por todas, y no poco a poco de inanición.

–Y ni esperanzas de refuerzos que logren romper el cerco –respondió el aludido.

–Lo que me molesta es que loma abajo, como a una legua y media, pude mirar una finca que seguro tienen algo de comida.

–Pero ¿quién va a buscarla? Solamente un loco, con tanto tiro suelto que nos mandan estos peludos. –dijo el negro refiriéndose a los rebeldes.

–Si no tienes miedo de quedarte solo cuando oscurezca yo me arriesgo a darme una escapadita, a ver si consigo algo para los dos –dijo el más joven, con esa audacia propia de la edad.

–*Tate* tranquilo, muchacho, que lo que puedes conseguir será un hueco más en el cuerpo o, saliendo bien, que te acusen de desertor si te coge el sargento.

–Mira, te dejo mi fusil, me llevo solo la bayoneta y puedes asegurar que le echamos algo a la panza.

–Estás *quemao*. El hambre te ha puesto turulato –dijo Tyson, dando por terminada la conversación.

Nada más caer la noche Reyes dijo a su compañero:

–Te dejo mi fusil, estate atento, no vaya a ser que me dispares cuando regrese. Sin dar tiempo, ni esperar respuesta. –Saltó por sobre el tronco de palma y se perdió en la manigua.

Entre la densa oscuridad y el resplandor de algún que otro esporádico disparo. Tyson con su arma aferrada, no se atrevía a abrir la boca, por temor que su blanca dentadura atrajera el fuego enemigo.

No habían pasado cuatro horas, cuando escucho decir su nombre como un susurro:

–Tizón de carbón.

No le cupo dudas, era Reyes que volvía, pues los alzados no sabían su apodo.

Un cataruo de yaguas fue lo primero que cayó en el suelo de la trinchera y después la figura joven con la bayoneta en su mano, diciendo:

–Te lo dije, te lo dije, hoy comemos caliente.

Se percato el curtido soldado que del paquete se desprendía un grato olor a puerco asado, que lo tenía embelesado y le hizo la boca agua.

–Esos bandidos tenían asando un puerco, mientras aquí pasamos hambre. Dejaron a uno de ellos al cuidado de la fogata, para que no se quemara el lechón, pero se quedaron con las ganas. Ese terminó con la boca llena de hormigas y nosotros comeremos sabroso. –Dijo Reyes con una naturalidad pasmosa y a continuación enfatizó–: Avísale al teniente.

Todos aplacaron su hambre esa noche, con el aporte del imberbe soldado.

Al otro día llegaron los refuerzos y rompieron el cerco haciendo huir a los barbudos...

Esta acción le dio el primer galón en la manga de su uniforme, otorgado como muestra de su valor, a quien en solamente tres años (como sucede en tiempos de guerra) subió de soldado raso a subteniente.

Cuando Tyson contaba la historia a sus compañeros de armas, siempre agregaba una coletilla:

–Yo seré un tizón, pero Reyes es candela.

A partir de ese momento dejó de existir Reyes y nació "Candela".

CELDA 214

Sin que el guardia que estaba a cargo de vigilar esa galera se diera cuenta, Roberto, quien estaba limpiando el pasillo, se acercó a la celda 214 y con el palo de la escoba dio unos golpes en la puerta de metal, queriendo que pasaran inadvertidos para todos, pero asegurándose fueran escuchados por el prisionero que la ocupaba. Casi sin mover los labios preguntó:

– ¿Me escuchas?

Una débil voz, respondió:

–Sí. ¿Quién eres?

–Mi nombre es Roberto, un preso común que está a cargo de la limpieza. Mientras decía esto, sus ojos no se separaban del final del pasillo, donde el guardia fumaba un cigarro, despreocupadamente.

–¿Qué quieres? –Inquirió la persona que estaba al otro lado.

–Me enteré de que estás en huelga de hambre y tengo pan en el bolsillo, si quieres en un descuido del guardia, te lo paso con la escoba por la pequeña ranura debajo de la puerta.

–No gracias –dijo la voz, ahora con cierta firmeza–, estoy plantado, tengo principios y mi huelga de hambre no es de mentira.

Roberto con cierto enojo, pero todavía en voz baja dijo:

–Eso es lo que me jode de ustedes los "políticos". Coño, uno se la juega al quererlos ayudar y siguen con eso de no querer jamar.

Se apartó rápidamente al ver que el "combatiente" miraba en su dirección, no queriendo llamar la atención.

"Aquí le dan dos patadas a cualquiera por el más simple motivo y si este tipo me coge hablando con el de la 214, me meto en candela", pensó, caminando lentamente y se dirigió hacia el hombre vestido de verde olivo, el cual al verlo le franqueó la puerta de barrotes metálicos que separaba esa zona de máxima seguridad con las otras partes del penal.

Roberto en su camino hacia la celda, que ocupaba con otros cinco reclusos, dejó la escoba en el lugar asignado y conversando consigo mismo (costumbre que se adquiere en esos lugares, donde conversar con alguien puede dar motivo a cometer alguna indiscreción), repetía: "O los tiene bien puestos, o es un imbécil".

Esa noche en su camastro no dejaba de pensar sobre la frase: "Estoy plantado, tengo principios". Sabía por comentarios que decían otros presos, que el tipo de la 214 era un opositor pacifico, a quien habían metido preso por participar en varias actividades donde gritaron en medio de la calle, consignas contra el gobierno, dando vivas a los Derechos Humanos y diciendo: Abajo Fidel. ¡Están locos!

"Seguro mañana, cuando le apriete el hambre, se olvida de eso y le mete mano al plato de chicharos con gorgojos, al arroz con gusanos o a los espaguetis hervidos con patas y alas de cucarachas", pensaba mientras el sueño lo vencía.

Al otro día al entrar al pasillo que le correspondía limpiar observó unas manchas oscuras frente a la celda 214.

El había aprendido que a los celadores no se les puede preguntar, pero los abusadores son por naturaleza bocones y el guardia al verlo frente a las manchas del piso le dijo:

–Hoy vas a tener que trabajar más porque al comemierda este (señalando con el garrote hacia la celda), hubo que darle un "jarabe de componte" anoche, *pa'* que comiera y aunque le partimos dos dientes, no probó bocado.

Roberto sabía que se estaba refiriendo a una paliza y las manchas no eran otra cosa que sangre. En cuatro patas y con un trapo húmedo le tocó limpiar el piso, pero aprovechó para conversar con el prisionero

–¿Qué te hicieron? –Preguntó en el mismo tono que había usado el día anterior, casi imperceptible.

La misma voz, pero más débil le respondió:

–Ah, eres el mismo de ayer. Nada, solo que me querían alimentar a la fuerza.

–   ¿Por qué no comes, no seas bobo? Te vas a morir –dijo Roberto.

Como un susurro salido de la celda le contestó:

–Estoy en huelga de hambre pidiendo que se respeten los Derechos Humanos de todos los prisioneros. Libertad para los acusados injustamente, para que no haya más abusos.

–Chico, te matan a palos o te van a dejar morir de hambre, tú conoces a esta gente, ellos no aflojan ni un poquito –dijo Roberto entre dientes, mientras con el rabo del ojo vigilaba los movimientos del guardia y con sus manos restregaba el piso.

–No me importa, me han quitado la libertad, han roto mi familia, pero mi vida es mía, ellos no me la pueden quitar, yo la doy por lo que creo. Dios está conmigo.

Roberto vio al guardia avanzar hacia él y se apuró en levantarse, recogiendo los enseres de limpieza antes de que pudiera darse cuenta de su conversación, haciendo ruido para avisar al otro lado de la puerta que todo se interrumpía.

La noche era la peor enemiga de Roberto, cuando las palabras de ese desconocido de la celda 214 le daban vueltas y más vueltas en su cerebro.

"Yo estoy preso por robo, pero a este hombre solo por hablar y pedir algo que todo el mundo desea, lo quieren reventar. Es un abuso, pero eso no es asunto tuyo Roberto. En un final, tú no conoces el nombre de ese individuo. Ni siquiera le has podido ver la cara, al estar en la tapiada. Solo has hablado con él en dos ocasiones. Verdad que el tipo es duro, dispuesto a morir por lo que cree. En Cuba harían falta unos cuentos como él, a ver si esto se acoteja". Mientras todo eso pasaba por su mente, su admiración por el desconocido de la 214 crecía.

Esta mañana lo detuvieron en la puerta de barrotes que da acceso al pabellón de las tapiadas, el guardia no lo dejó pasar. Por el pasillo cuatro guardias, traían arrastrando por las manos a un individuo que más bien parecía una de esas fotos tomadas en los campos de reconcentración de la Alemania Nazi. Flaco, demacrado, era hueso y pellejo, con el rostro marcado con verdugones de los golpes. Su espalda y pecho, donde sobresalían las costillas mostraban manchas violáceas. Era el preso de la celda 214.

Todavía en ese estado, alguno de los desalmados le propinaba patadas en sus escuálidas piernas

Al trasponer la reja, se escuchó ese despojo de ser humano decir: "El morir por la patria es vivir", con un pequeño hilo de voz, pero con la gallardía de un hombre que es capaz de pagar el justo precio de su ideal.

Lo que sucedió a continuación nadie lo hubiera esperado. Se escucharon gritos en la prisión:

"¡Asesinos, abusadores, esbirros!", proyectados con toda fuerza, haciendo eco en todas las paredes, y que solo callaron cuando un genízaro descargó su garrote sobre la cabeza del preso que gritaba su furor ante el crimen.

El opositor en huelga de hambre murió, no titubearon sus asesinos para ejecutar la orden de dejarlo morir. Pero la celda 214 está ocupada por otro prisionero, quien se pasa el día cantando el himno nacional y levanta su voz de barítono en la estrofa que dice: "Morir por la patria es vivir".

Su nombre es Roberto.

CEMENTERIO

María Rodríguez Pérez no había logrado asimilar la pérdida de su esposo Rubén, quien tras sufrir de una enfermedad terminal la dejó viuda, después de 24 años unidos en matrimonio.

Su salud mental se vio afectada. Al no tener más familia: el mundo de ella estaba enfocado en darle amor a su esposo y aún, tras su desaparición física, seguía fiel a su recuerdo. Su mente traspasó la frontera, donde lo real se confunde con lo incierto y lo perdido con lo añorado.

Todos los días el Cementerio de Colón, en La Habana, recibía la visita de una dama vestida del más riguroso luto, era María, quien enfundada en negra vestidura pasaba horas y horas, sentada junto a la tumba del que había sido su esposo, sin tener en cuenta el tiempo. En ocasiones los empleados de la necrópolis habían tenido que despertarla, por haberse quedado dormida sobre la fría losa del mausoleo. No fueron pocas las veces, cuando la luna reflejó su delgada figura junto al marmoleo lecho eterno de su amado.

El Cementerio de Colón está considerado un impresionante conjunto arquitectónico y escultural, solo superado en belleza por el cementerio Stagliero de Genova Italia. En él se combinan lo lúgubre de su finalidad con maravillosas esculturas, obras del arte, dedicadas a los que en su último viaje no pueden llevarse nada. Fue La Habana el primer lugar en Latinoamérica, donde el entonces gobernador, marqués de Someruelos, inauguró el 2 de febrero de 1806, un lugar donde enterrar a los muertos fuera de las iglesias, el cementerio que llevaba el nombre del obispo Espada y Landa, cuando este resulto pequeño al crecer la población de la ciudad, se dio paso a esta colosal obra, inaugurada el 30 de agosto de 1871. En sus muros circundantes destaca la entrada principal compuesta de tres puertas estilo bizantino. Y en esa estructura sobresale en la parte superior, una escultura de mármol de Carrara representando las virtudes teologales: Fe, Esperanza y Caridad .La puerta principal, dedicada para los vehículos y las dos pequeñas a cada uno de sus lados para el uso peatonal. Las rocas calizas usadas en su construcción le dan un aspecto sombrío e imponente.

La entrada principal, cita en las calles Zapata y 12 del habanero barrio de El Vedado; específicamente en la puerta pequeña del lado derecho, estaba resguardándose del frio y la lluvia Mario Pérez, quien como inspector de ómnibus tenía la función de tomar el tiempo a los vehículos de transporte público que en horario de confronta (la madrugada) pasaban por esas calles. Supuestamente su lugar de trabajo era el poste metálico con la señal de parada, varios metros alejado de la puerta, pero los choferes sabían de su refugio y se detenían frente a él para reportarle.

No era raro que los choferes usaran bromas con Mario, preguntándole:

–¿No tienes miedo trabajar frente al cementerio? Para recibir la consabida respuesta de su boca:

–Yo no creo en negro guapo, en tamarindo dulce ni en que los muertos salen.

Esa era una de las noches en que nadie quiere salir de su cama. La temperatura era fría, inusual para esa época del año, pero había entrado un "norte" prematuro y nuestro amigo fue sorprendido por el clima teniendo solo una ligera camisa como protección, razón más que suficiente, por la que trató de encasillarse en el ángulo formado entre las ásperas piedras del muro y la fuerte reja de hierro que bloquea la puerta. Medio adormilado estaba, cuando una fina y blanca mano salió del cementerio a través de la reja tocándolo en el hombro y una voz casi inaudible preguntó:

– ¿Qué hora es?

Dos días después un entierro traspuso la entrada del cementerio, casualmente, la bóveda que esperaba el sarcófago estaba al lado de la tumba del esposo de María. Ella como siempre recostada sobre el panteón.

Se separó un hombre del cortejo fúnebre y se dirigió directamente hacia ella, mostrando una amplia sonrisa.

– ¡Que susto me diste antenoche! –Exclamó Mario– Salí corriendo y no paré hasta el paradero de El Vedado, veinte cuadras loma abajo, donde llegué blanco como un papel. Las piernas no me sostenían, pero tome aliento y les grite que ni amarrado volvería a ser inspector. Gracias a ti ahora vuelvo a trabajar de chofer. Pero "DE DÍA".

COINCIDENCIA

En cualquier centro donde se reúnen personas de la tercera edad, o, para ser políticos mejor diremos, de la segunda juventud, existen personas que usando los años como una "patente de Corso" o excusa, se abrogan el derecho de manifestarse con groserías y faltas de respeto a los empleados que los atienden.

No es menos cierto que al igual que los niños necesitan más comprensión y cariño a medida que los años se encargan de quitarles cualidades mentales y fortaleza física, pero nadie me quita de la cabeza la idea que quien fue grosero y atrevido de joven, mantiene los mismos defectos al llegar a viejo o lo que es peor, se recrudecen.

Yanelis nuestra entrenadora del gimnasio se encontraba en estado de gestación. Mujer joven, agraciada y con tal dulzura en su trato para con todos los asistentes que era motivo de reconocimiento, cada vez que se tocaba el tema de la calidad del servicio brindado por los empleados a los asociados.

Sin embargo, nunca falta un "músico" que de la nota discordante, desafinando el coro de las buenas relaciones humanas.

Andrés, una persona que por su edad ya era hora que fuera maduro (Hay quienes nunca maduran y pasan de verdes a podridos), se creía gracioso, pero resulta ser que la simpatía no era uno de los dones del cual la naturaleza le había dotado, tuvo la osadía de preguntarle a esa bella dama:

–¿De cuál de tus cuatro compañeros de trabajo es el bebé?

–

A lo que ella respondió con su característica paciencia, pero con firmeza:

–De ninguno de ellos, de mi esposo.

Escuchar tamaña ofensa a la integridad moral de una mujer me hizo bullir la sangre como si fuera una cafetera hirviendo, quedé perplejo. ¿Hasta qué extremo ha perdido la humanidad el respeto por algo tan sagrado como es la maternidad? ¿O será que él nació de una incubadora?

Cuando iba a decir algo, ya Andrés se había alejado y preferí calmarme porque mi estado de salud no me permite el lujo de "coger berrinches". Pero, aún después de llegar a mi casa, no podía borrar de la mente el eco de esas impertinentes palabras. Quizá porque también mi hija menor está embarazada y me ponía en el lugar como si yo fuera el padre de Yanelis. ¿Qué habría hecho, si ese hubiera sido el caso? Mejor ni pensarlo.

Al día siguiente Andrés no se presentó, pero como fui testigo de la conversación, me tomé la facultad de pedirle disculpas por la actitud de un miembro de nuestro conglomerado a nuestra entrenadora, a lo que ella le resto importancia, me imagino que está curada de espantos con tanto viejo atrevido.

Después de dos meses de licencia por maternidad Yanelis vino a visitar el centro trayendo a su creatura para que lo conociéramos.

–Hermoso el crío, se parece mucho a la mamá – exclamé al ver al niño, y acto seguido le pregunte como una formalidad:

– ¿Cómo se llama el niño?

–Andrés –fue su respuesta.

La expresión atónita de mi cara motivó una diáfana sonrisa en el rostro de la joven, al parecer recordando el incidente acaecido, y rápidamente entre risas dijo:

–Coincidencias, mi esposo se llama así, Andrés.

CONFIANZA FRUSTRADA

Siempre se ha dicho, pero nunca se cree plenamente, hasta que comprobamos su veracidad: "La realidad supera toda imaginación".

Tengo argumentos indiscutibles para sentirme frustrado, haber perdido toda confianza en el ser humano y todo entorno que lo rodea; los cuales comienzo a explicar.

Soy un hombre que siempre enfrenté la vida con valor. Llegando a pensar que es una condición genética, pues mi orgullo era ser de un pueblo famoso por aguerrido, el que ha dejado marcas en la historia de la humanidad e hizo temblar a grandes imperios. Demostrado en la batalla de Kadesh, llegando en un momento dado a ser contratados por los que antes fueron nuestros enemigos, confiando en nuestra mano y valor para sostener sus conquistas.

Nunca amé la muerte, pero de tanto mirarla frente a frente, llega el momento que la consideramos como alguien bien conocida y no que dejemos de tratarla con el respeto que merece, pero se nos hace familiar su presencia entre los hombres de armas.

Por esta y otras razones decidí dejar mi tierra y poner mi brazo junto a mis esfuerzos, en ayudar la causa de alguien que su fama había rebasado las fronteras del mundo conocido de mi época. Esta persona resulto ser un afamado guerrero, aún desde su juventud, dando muestras de valor en situaciones cuando a muchos se le aflojaron las rodillas por el miedo.

Pero siempre los que se destacan tienen la facultad de despertar resquemor y ganarse enemigos, aún entre los que debieran amarlos y respetarlos. La única cualidad que la envidia nunca perdona, es que seas un triunfador.

Condición por la que un poderoso, a quien había ayudado a consolidar su poder y con quien estaba emparentado, buscaba la muerte de este líder. Tal era la injusticia, que aún los más allegados a este gobernante procuraban interceder en favor de él, llegando a pasarle información con tal de salvarle la vida.

A ese valiente hombre y a su causa me entregué en alma y vida. No importó que no fuera de su pueblo. Fui aceptado como uno de ellos, en las condiciones más desfavorables, cuando era perseguido y tenía que enfrentarse a enemigos de distintas clases.

Tal fue mi esfuerzo, que se me concedió el honor y privilegio de ser registrado entre uno de los treinta y seis hombres más valientes que estuvieron a su lado.

Lo consideré siempre un hombre recto, visto con buenos ojos por su dios. Tan digno, que teniendo la oportunidad de eliminar físicamente a quien procuraba destruirle, no atentó contra él, sino que le perdonó la vida.

Cuando su suegro y su cuñado fueron muertos en una acción de guerra, llevada a cabo contra quienes siempre fueron sus verdaderos enemigos; todo el pueblo a una voz lo aclamó, elevándolo a la posición más alta, para que gobernara sobre ellos y por ende también mi vida cambió.

Conocí a una bella mujer, tan fragante como las flores de azahar y tan hermosa como el amanecer sobre el mar, la cual a pesar de mi ocupado tiempo en batallar, conquistó mi corazón. Solicité en casamiento a su familia, los que no tuvieron reparos en acceder a nuestro matrimonio, pues había aceptado todos sus ritos religiosos demandados por lo más ortodoxo de la sociedad, con tal de lograr su amor.

La fama de cuan bella era mi esposa, corrió como corriente en riachuelo de montaña camino al valle. Mi estimado jefe me honró, haciéndola invitada de su casa; para que compartiera con las mujeres de su familia.

Como hombre de armas, que se entrega a las causas sin dejar lugar a las dudas ni a las malas intenciones, presente mi oveja inocentemente al festín del lobo. Mientras yo luchaba denodadamente por extender el poder de aquel, en quien yo confiaba, mi esposa era participe de su lecho.

Al quedar embarazada, se me dio la orden de abandonar el campo de batalla, para con artimañas hacerme pasar la noche con ella, y así cubrir el desleal acto y atribuirme una paternidad que no me correspondía.

Siempre tuve un alto concepto de mi deber; aunque me pasé de vino y se me envió a mi casa, consideré que no era justo disfrutar el placer de mi hogar, mientras mis compañeros se calentaban en fogatas a campo abierto en el sitio de la contienda bélica.

Tonto de mí, que nunca pensé que todo era una trama urdida para ocultar sus acciones y, como fallaron sus planes, fui enviado de vuelta con una carta al jefe de los ejércitos, donde quedó sellada mi suerte.

Los poderosos, para obtener sus deseos, no se miden, aunque estén en juego las vidas de sus fervientes servidores y más si es la pasión de una mujer la que está en juego.

A los pocos días fui abandonado en medio de la batalla y muerto a espada, siguiendo las órdenes directas de mi caudillo, de las cuales yo mismo había sido portador.

Por eso yo, Urías Heteo, desde mi tumba, clamo por justicia, porque parece que los dioses perdonan a los poderosos y se olvidan de la maldad cometida a los que son fieles.

Te maldigo Rey David, a quien serví todo el tiempo que estuve a tu lado con dignidad y valor.

Te maldigo Joab, por ser jefe del ejército y convertirte en instrumento de la vileza de tu rey.

Y aunque quisiera también maldecirte. Por lo mucho que te amé, no puedo levantar la voz contra ti, mi querida Betsabé.

Que las crónicas cuenten esta historia y que el dios de Israel y todos los que las lean, tengan compasión de mí.

DESTINO

Lo importante en esta vida no es andar, sino saber hacia dónde nos dirigimos. Como dicen los versos de Antonio Machado que musicalizara Joan Manuel Serrat: "Se hace camino al andar".

Para ella, hoy era ese día que por tanto tiempo había esperado, ahora todo tenía sentido.

En la mañana sintió que no solo el techo de lo que había sido su casa temporal la aplastaba, sino que a eso se había sumado todo aquello estuviera por sobre sí misma, incluyendo las nubes y el cielo.

Realizó sus movimientos como una autómata, dejando que su voluntad fuera, simplemente eso, reflejos guiados por el instinto. Dirigió su andar hacia la playa cercana y al llegar a la orilla, no echó siquiera una última mirada a su alrededor, ese hábitat que la había acompañado como un ser inadaptado, haciéndola sentir que no pertenecía a esa tierra.

No comprendía cómo había logrado vivir todo ese tiempo, sufriendo cambios que no podía entender, ahora todo estaba claro.

No era ella la única que intentaba caminar en línea recta hacia su meta, muchas también tenían un objetivo marcado, aunque no todas podrían llegan al final. Cuando se está segura en lo que se busca, nada es capaz de detenerte. Quizás perezcas, pero el intento bien vale la pena.

Siguió su extraño caminar hasta el agua, pudiendo sentir que la humedad sobrepasaba su cuerpo, comenzando por la cabeza y después el resto, estaba decidida a no detenerse, en este andar sin fronteras, con un destino incognito.

Como Alfonsina Storni se adentró en las olas, bañándose de mar, dejándose llevar por la corriente hasta lo profundo del inmenso océano.

Después de romper el huevo que la encierra, nada detiene a la tortuga en su camino hacia el mar.

DULCE ENCUENTRO

Sus ojos despedían ese brillo especial que adquieren cuando se desea algo con pasión. Su lengua circulaba sobre sus labios en anticipación de lo que tenía planeado en su mente desde el primer momento que me vio.

Puso su boca en mi lisa piel buscando la parte que más se destacaba de mi cuerpo, después, tras un largo suspiro, procedió a darme una mordida con la cual quitó todo lo que cubría mi exterior, dejando totalmente al descubierto lo dulce y apetitoso que podía ofrecerle.

Estaba consciente de que su boca era sabia en degustar estos placeres, pero cada cual tenemos nuestra propia delicia, nuestro único sabor.

Yo sabía que había arribado en el tiempo apropiado, habiendo llegado a la madurez requerida para satisfacer todo lo que podía esperar de mí.

Lentamente, procedió a disfrutar de mis jugos que fluían incontrolables al reclamo de cada caricia que su boca daba. Me entregue sin reparos, sabiendo que él podría apreciar este momento único.

Me devoró, como si jamás hubiera saciado su apetito de dulzuras.

Después que obtuvo de mi todo lo que quiso, echó hacia un lado lo que me había cubierto junto a la parte más íntima de mí. Esa, de la cual ambos estábamos consientes, era la semilla que podía dar frutos después de nuestra corta relación.

Acepte mi suerte, pues sabía de antemano que ese sería mi final.

Los mangos somos para eso.

EL COCUYO

El cocuyo, como todo cubano autóctono era alardoso y no le faltó oportunidad para restregarle a la luciérnaga en su cara, las cualidades que él poseía.

–Mira, chica, nosotros somos más luminosos, tenemos luz en ambos ojos, mientras que ustedes solo tienen una –le espetó–. Además, nuestras luces están en el frente, mientras las suyas están detrás. Ustedes son más pequeñas que nosotros, más endebles; mientras los cocuyos tenemos un cuerpo resistente, revestido de una coraza más dura que su endeble cuerpo.

Mientras el cocuyo hablaba y hablaba sin parar, investido de su orgullo, no se percató que alguien con maldad, lo fue manipulando hasta llevarlo hacia un frasco de cristal, donde lo encerró con una tapa, en la que solo dejó unos pequeños orificios, para que pudiera malamente respirar.

Muchas veces nuestro brillo atrae la envidia y ser resplandeciente, resulta nuestra mayor desgracia.

Sus propiedades de brillar se fueron menguando, al serle reducidas las hojas de las plantas con las cuales se alimentaba. Falto de libertad languideció, hasta malamente subsistir sin brillo y sin lustre.

La luciérnaga, que en otras circunstancias nunca hubiera podido opacarlo, ahora disfrutaba luciendo brillante aún con la poca luz que ella emitía, en la oscuridad de una noche triste.

EL ACTOR

Fue un afamado artista de teatro, para quien las tablas de las mejores salas internacionales no le eran desconocidas. Shakespeare, Zorrilla, Tennessee Williams, Lorca y otros muchos habían sido creadores de personajes a los que él cada noche daba vida, haciendo reír o llorar a la concurrencia llevados por su talento.

La suerte le fue adversa, y como un atardecer de invierno así fue su ocaso. Los que antes aplaudían, ahora pasaban por el lado de ese vagabundo sin reconocerlo, es más, tratando de evitarlo. Pero ¿quién podría saberlo? Si de aquel hombre corpulento y apuesto que impresionaba a las damas y motivaba envidia a los caballeros, no quedaba más que una sombra irreconocible. Desgarbado y delgado hasta el extremo que su ropa, si se pudiera llamar ropa a esos jirones que cubrían su desnudes, colgaba como si fuera de una percha de alambre.

Los que se acercaban demasiado, sentían el desagradable olor de aquel que hace tiempo, la pulcritud dejó de ser su compañera. El no se quejaba, su orgullo no se lo permitía, solo en ocasiones salía de su boca una exclamación: "¡Qué veleidosa es la fama!"

Y volvía a su tarea de buscar qué comer en los recipientes de basura.

Este día la suerte lo favoreció, encontró una hamburguesa a la que solo le habían dado una mordida y después fue desechada. La olió y sus papilas gustativas se motivaron llenándole la boca de saliva. La miró fijamente, saboreando de antemano lo que representaba un festín desacostumbrado. Estaba ensimismado hasta que se percató era observado, y ocultando su tesoro se volvió hacia quien osaba perturbar ese momento de intimidad entre él y el manjar que sostenía en sus manos.

Unos grandes ojos negros, de un niño muy delgado, no dejaban de seguir los movimientos de la mano que oculta tras su espalda motivaba su curiosidad.

–¿Tienes hambre? –Le preguntó al gamín de edad indefinida y pelo ralo.

–Sí, señor, tanto como usted –fue su respuesta.

–¿Quién te dijo que yo tengo hambre?

–Señor, con solo mirarlo cualquiera sabe.

–Estás equivocado, hace poco unas personas que me conocen y no me veían desde mucho tiempo me invitaron a comer.

La cara de incredulidad del niño fue su mejor respuesta.

–¿No me crees? Pues mira, comí espaguetis con albóndigas, pan y vino tinto, de postre una panetela con crema chantillí y para finalizar un buen café.

A la mención de los manjares, la lengua del chaval mojaba sus labios como si los estuviera deleitando. Pero mucho había vivido en la calle para que lo fueran a hacer tonto.

–¿Si comió tanto, porque busca comida en la basura, como yo?

–Pasaba por casualidad por este bote y al ver el paquete envuelto, me dije: "Posiblemente a alguien le venga bien, por eso lo recogí". ¿La quieres?

Extendió la mano con la hamburguesa, que desapareció en menos tiempo del que tomó ofrecerlo, echó a correr el muchacho con su botín, cuando de pronto paró en seco, se viró y gritó:

–Gracias señor.
Quedó solo y en la penumbra de la noche se escucharon las palabras:
–¡Mi mejor actuación!
Varios días después los vendedores de periódicos voceaban:
¡Entérate! Famoso artista encontrado muerto en la calle. Dicen que murió de hambre.
Compra el periódico. ¡Entéeeerate!

EL CID CABALGA DE NUEVO

Don Santiago Blanco había venido a los Estados Unidos siguiendo el viejo lema de los españoles que lo habían precedido, cuando dejaron el terruño y se asentaron en este otro lado del océano Atlántico a "hacer la América".

Trabajando como un esclavo, turno regular, tiempos extras y no teniendo fines de semana libres, logró levantar un capital que invirtió en un mercado pequeño, ubicado en el barrio de Liberty City de Miami, al cual le puso el nombre de "La Reconquista".

Era una zona calificada como área negra por la densidad de ciudadanos de esa raza que residían en esa barriada.

Mucha gente le advirtió que se había metido en un lugar "caliente", pero poco caso le hizo a estos avisos, contestando y mostrando lo tozudos de carácter con que se caracterizan por ser los asturianos decía: He tratado con los moros de Ceuta y Melilla y no me asustan algunos más quemaditos, además, Asturias derroto a los moros en la batalla de Covadonga.

Extremadamente orgulloso de su estirpe, como todos los astures, nuestro amigo alardeaba, del innegable hecho histórico, que la Reconquista había comenzado por Asturias. Su rey Pelayo y la reina Urraca después, no dejaron que el reino cayera en manos del Islam, deteniendo su avance en los "castros", castillos enclavados en los pasos montañosos de esa región de España. Logrando esa hazaña gracias a los potentes brazos y el valor de los aguerridos montañeses de raíces celta y visigoda.

Su mercado estaba bien surtido y aunque pequeño, trataba de dar buenos precios a sus marchantes. Había contratado dos empleados de la barriada, ambos afroamericanos. Pero él estaba allí desde que abría las puertas, hasta que cerraba y ponía las alarmas y candados.

No tuvo que esperar mucho para comprobar que los avisos no eran vanas palabras. Al mes de estar operando su mercado, aparecieron tres individuos en la puerta del establecimiento quienes pistola en mano y pasamontañas cubriéndoles las caras, redujeron a don Santiago, sus dos empleados y a los pocos clientes que en ese momento estaban comprando mercancías. Rápidamente, como una operación comando, vaciaron las cajas registradoras y desaparecieron tan veloces conforme habían llegado.

Las manos de los asaltantes delataban su raza y en el mismo momento que escapaban se escuchó la potente voz del asturiano decir en un lenguaje no muy convencional, ni como se dice hoy en día "políticamente correcto": "Me cago en la hostia, negros de mierda".

No era tipo de amedrentarse nuestro querido amigo y ni corto ni perezoso, sacó un permiso para portar armas, se compró una pistola calibre 45 marca Colt, que desde ese momento llevó al cinto y una escopeta de dos cañones calibre doce; dispuesto a defender caro el sudor de su esfuerzo, la cual colocó bajo del mostrador.

No habían pasado seis semanas cuando volvió a recibir a otros visitantes no deseados.

Esta vez el recibimiento fue con fuegos artificiales. Don Santiago echando mano de su "trabuco", descargó los dos cartuchos contra otros tres individuos, quienes pistolas en manos bloqueaban la puerta que daba entrada a su establecimiento; rociándolos con una lluvia de perdigones, que los hizo retroceder por donde habían venido y llevándose con ellos los fragmentos de vidrios, que habían desaparecido junto con los asaltantes, dejando un enorme boquete donde había existido una puerta doble de cristales.

A partir de ese día, el mercado se vio limpio de fumadores y expendedores de crack y marihuana que merodeaban recostados a las paredes del establecimiento.

Gracias a entrevistas que le hizo la prensa y los canales de televisión, tanto en español como en inglés, muchos conocieron la oportunidad de adquirir jamón pata negra, vinos ibéricos, sidra asturiana y queso manchego en esta parte de la ciudad, dándole un impulso a las ventas entre los cubanos y boricuas que vivían en áreas vecinas.

Nunca se imaginó el flamante dueño, que lo invertido en esas armas, su actitud y el costo de la reparación de la puerta de entrada, lo catapultara a convertirse en un conocido empresario.

Por estos andares estaba nuestro amigo, cuando ocurrió el ataque a las torres gemelas de New York el 9 de septiembre del 2001. Cargado de indignación, colocó en su establecimiento ocupando toda la vidriera, una bandera americana con un crespón negro y un letrero en los tres idiomas de la comunidad: inglés, español y creole, que decía: "Dios bendiga América". También mandó a colocar otro letrero en la parte de atrás, donde estaban los refrigeradores de las carnes, que decía en letras grandes "CON PELAYO Y SU CABALLO, A LOS MOROS QUE LOS PARTA UN RAYO. (Porque para la mayoría de los españoles, todos los árabes o islámicos los catalogan de moros).

Debido a la molestia que causaba entre los vecinos musulmanes que vivían en la proximidad del mercado ese mensaje, concurrieron al ayuntamiento para elevar su protesta.

Dos miembros de la junta municipal encargados de las relaciones comunitarias visitaron a don Santiago Blanco, llevándole la queja y pidiéndole en nombre de las buenas relaciones entre las distintas comunidades que formaban la vecindad, retirar el letrero.

Escuchar esas palabras y levantarse de su asiento, cual si le pusieran un cohete en donde la espalda pierde el nombre, fueron una sola acción.

–¿Quiénes mataron a esos infelices de las torres? – preguntó.

–Terroristas Islámicos, contestó dubitativo uno de los enviados.

–¿Quién es el dueño de esta bodega, yo, verdad?

Los dos funcionarios asintieron con sus cabezas, no sabiendo el rumbo por donde Santiago quería encausar la conversación, pero intuyendo una negativa a su proposición.

–Entonces me los ponen en la cesta de vigía, del palo mayor de la calavera, del mismísimo almirante don Cristóbal Colón.

Al ver la cara de duda de los funcionarios, por no entender lo que les quería decir, se lo hizo saber en claro castellano.

–Que se vayan al carajo todos ellos y si ustedes los quieren acompañar en el viajecito, yo no tengo ningún inconveniente. Y se los digo en inglés, castellano y hasta en bable si es preciso.

Conforme era de tozudo y rudo este hombre, tenía un corazón bondadoso que no le cabía en el pecho, demostrado cuando muchos vecinos que usaban bonos de alimentos se quedaban cortos al hacer sus compras, nunca dejaron de llevarse su mercancía, al condonarles don Santiago el resto de su factura.

Conforme La Reconquista progresaba, así crecía el rechazo de los sectores más intransigentes y extremistas de sus vecinos musulmanes, quienes veían como un reto el humilde marcado en un barrio que ellos consideraban les pertenecía.

No faltaron "grafitis" en las paredes portadores de amenazas y groserías; las que con paciencia casi todas las mañanas don Santiago y sus empleados volvían a pintar.

Una noche, de amenazas pasaron a la acción y desde un carro en marcha (Los desconocidos de siempre) lanzaron un coctel Molotov, fallando en su intento de incendiar el mercado.

La actitud inteligente hubiese sido vender el negocio y establecerse en otra barriada, preferiblemente de latinos; aprovechando la fama que los medios informativos ávidos de noticias espectaculares, le habían dado al caso. Pero eso no podía ser concebido por la mente del peninsular.

La mezquita cercana recibió una visita no esperada. Don Santiago quitándose los zapatos y con una boina colocada de medio lado en la cabeza se paró en la puerta, solicitando hablar con el imán principal de ese centro de adoración. Cuando algunos de los fieles, los cuales no salían de su asombro ante la audacia de este hombre, quisieron negarle la entrada, el mismo imán presentándose en el lugar contuvo sus gestos amenazantes y haciéndole señas, le indicó a nuestro amigo el camino de su oficina, donde lo invitó a sentarse y conversar.

–Voy a ser claro y no andar con rodeos. Yo no voy a mover mi negocio de esta barriada, declaró nuestro amigo. Si quieren matarme, aquí estoy. Pero, si aparezco muerto o mi tienda quemada, ya sea por ustedes o por cualquier otra persona, la prensa y los noticieros se encargarán de atizar más odio en contra de su religión y me parece que como está el ambiente después del 9/11, no les conviene buscarle cinco patas al gato.

El dirigente religioso no dejó de sorprenderse ante el planteamiento tan bien expuesto y directamente explicado. El valor habla un lenguaje fácilmente entendido en todos los idiomas. Se puede odiar a un enemigo, pero no se deja de admirar su valentía.

–OB ALA (quiera Dios) que a su negocio no le suceda nada –dijo el imán, y extendiendo la mano a don Santiago sellaron un pacto donde sobraron las palabras.

Como el Cid campeador, quién aún después de muerto gano la batalla de Valencia, don Santiago se marchó del lugar con paso firme y con su orgullo flameando en el lugar más alto de los picos de Europa.

Quienes pasan hoy por el North West de Miami, se sorprenderán al ver un mercado con un gran letrero en español frente al cual día y noche están sentados varios vecinos (Fácilmente reconocidos como islámicos, por los gorros característicos) a los cuales el dueño del establecimiento les hace llegar refrescos con sus empleados cuando el sol los castiga con sus fuertes rayos, o té en las noches frías.

El letrero pintado en amarillo tiene dos franjas rojas, una arriba y la otra abajo y del mismo color como queriéndose salir del marco, las letras que lo identifican: "LA RECONQUISTA".

EL ESCAPARATE DE CAOBA

La enorme mole de madera oscura era siempre una atracción a mis ojos de niño. Cuando llegué a ocupar un espacio en nuestra casa, él ya estaba ahí, mis padres lo habían comprado antes de su boda, de segunda mano, junto a la coqueta y la cama formando parte del ajuar matrimonial; así que por antigüedad era merecedor de estima. Esta era la forma en que nos enseñaban antes, los más viejos merecían todo nuestro respeto, sin importar cual fuera su relación de familia.

Era un mueble muy pesado, debido a la madera usada en su construcción, y cada vez que se hacía una mudanza escuchábamos a los cuatro hombres, en el esfuerzo por moverlo, acordarse de la pobre progenitora del carpintero que lo había construido, y desde luego no usando las mejores palabras referente a ella. De haber hecho efectivas todas esas diatribas, la señora en cuestión no habría podido salir de la ducha, para quitarse de arriba todo lo que esos esforzados trabajadores manifestaban hacer, o por lo menos lo que era su deseo.

La madera en cuestión: caoba, tiene características que la hacen, apreciada y odiada. Resistente a las plagas (al comején nunca se le ocurre meterle el diente), dura; tan dura que no admite ser penetrada por un clavo sin rajarse, pesada, difícil de trabajar y duradera; fácil de sacarle los más brillosos colores con los barnices.

Tenía tres puertas, cada una de ellas dando acceso a secciones distribuidas de la siguiente manera, el lado izquierdo para la ropa de mi papá, el derecho para la de mamá, y el centro, donde además de las consabidas barras de madera para colgar la ropa en perchero, había dos entrepaños o divisiones transversales con sus correspondientes gavetas, que al entender de nuestra corta edad, guardaban los más variados tesoros de nuestra casa. La puerta del medio tenía un espejo, en él te podías ver desde la suela de los zapatos hasta el último pelo de tu cabeza, no importaba si la estatura era de uno a siete pies.

Aún sin ser apegado a los bienes materiales, considero que son cosas de las cuales nos servimos, no las que nos convierten en sus esclavos. Hay algunas cosas inanimadas que tienen alma, me refiero a esa que va intrínsecamente prendida a nuestros recuerdos, como es el caso de este viejo escaparate de caoba.

Además de ser un objeto que teníamos por costumbre que ocupara un lugar prominente en medio de la habitación principal de nuestros padres, este mueble era refugio de nuestras travesuras de niños. En muchas ocasiones me escondí dentro, para tratar de escapar al merecido y justo castigo de mis acciones. Me servía para esos menesteres el lado que ocupaba la ropa de mi padre. El escondite salvador, hasta que se aplacaba la ira justiciera de mami. Lo usé por algún tiempo, hasta que por gastado, resultó ser el primer lugar donde me buscaban al quererme encontrar y ponerme al alcance de dos buenos correazos, aplicados en esa parte blanda donde la espalda pierde el nombre.

Llegó a ser también el "baúl" de los tesoros escondidos. Cuando nuestros padres salían revisábamos a nuestro antojo todo lo que había en las gavetas, atraídos por esa innata curiosidad, que hace meter las narices en los lugares donde nos advierten que no debemos hurgar. La famosa cámara fotográfica de fuelle alemana que habíamos visto, operada por los adultos, estaba a nuestro alcance, dándonos el gusto de halar y meter el dichoso fuelle como si fuera un acordeón. También las famosas medallas y diplomas ganados por mi mamá como deportista, mostrando en su espalda el número 11 y el sobrenombre de "Gallito Blanco", primero con el equipo de baloncesto de su escuela Cristo Rey, de Guanabacoa, terminando invictas en el campeonato nacional de la Federación Atlética Femenina de Cuba y después con el famoso Club Cubaneleco. Además de integrar el equipo de baloncesto, era tercera base y tercer bate del equipo de softball. Leer los recortes de periódicos donde mostraba sus pasadas hazañas, nos llenaba de infantil orgullo, teníamos que hacerlo con mucho cuidado, sabíamos lo que significaba y el amor que mami le tenía a esos papeles.

Ponerme los zapatos de papi y sus corbatas anchas como pañuelos, echarme la colonia "All Spices", aunque después tuviera que lavarme la cara "apurado" al acercarse la hora en que los viejos estaban al llegar, para que no descubrieran nuestra desobediencia. Mi hermana se ponía los tacones de mujer adulta y se empolvaba con "Maja" que tomaba de la coqueta donde nuestra mamá guardaba sus afeites y adornaba sus orejas con aretes de fantasía toledana que eran regalos de mi padre. Son imágenes que no se borran de la mente infantil. Aun de adulto se cierran los ojos y parece como si viéramos una película, en un cinematógrafo, sentados en primera fila.

Brincar arriba del colchón de la cama, sin miedo a que se rompiera alguna de las barras que lo soportaban, las barras de madera aguantaban eso y mucho más. Estirar la sobrecama para cubrir nuestros actos circenses, donde nos jugábamos la vida al no caer desnucados en uno de esos saltos.

Nunca entendí. ¿Por qué si las puertas del escaparate tenían llaves, jamás se las quitaban? Solo daban la orden verbal de no tocar nada, no restringían el acceso de la forma más fácil, que era removiendo las llaves. A veces me pregunto si esto no era una forma de activar nuestra curiosidad, o poner a prueba nuestra disciplina.

Crecimos y nos tocó ayudar en la última mudanza, donde entré a formar parte del grupo que movió el escaparate, compartiendo en ese momento, lo que no comprendía siendo niño, cuando alguien decía fuertes epítetos al cargar el mueble. Gracias que uno no se cambiaba de casa todos los días.

Por designio inteligente, colocamos en esta ocasión y debido al espacio, el escaparate frente a la coqueta, a ambos lados de la cama; tenía la ventaja que podíamos observar nuestro atuendo en los espejos por delante y por detrás sin cambiar de posición.

Llegaron mis hijas, y la habitación que era de mis padres también empezó a llamarse el cuarto de los abuelos y el ciclo frente al espejo del escaparate siguió su curso, realizado ahora por otros niños que resultaron ser reflejo mío, solo que en forma femenina.

Ahí quedó mostrado el abrazo de despedida cuando tuvimos que partir y darnos ese beso, que tardó un año en repetirse. Dejé atrás ese mueble, el cual estuvo en la casa de mis padres como fiel servidor por muchos años y que quizás hoy en día siga sirviendo a los agraciados que lo heredaron.

Han pasado muchos años, no voy a decir cuántos, no es necesario, confórmense con saber que son muchos. Ya la cara de mi padre es solo un recuerdo que muestran las fotos. Pero en las mañanas, al peinarme o al afeitarme, solo veo unos rasgos en esa imagen frente a mí, siendo el rostro de mi viejo querido quien se muestra. La misma figura que veía reflejada sobre la grande luna del espejo, en la ancha puerta de ese viejo escaparate de mi niñez.

EL GENIO DE LA BOTELLA

Como de costumbre, caminaba por sobre el muro del malecón habanero disfrutando la brisa, tratando de mitigar el calor que el mes de agosto regala a mi alargada isla. Mi vista se recreaba observando en la distancia, esa línea inalcanzable, donde el mar parece discute su tonalidad azul con el cielo.

Una falla en el concreto del desgastado muro me hiso perder el equilibrio. A duras penas pude recobrarme, ya me veía cayendo de cabeza en los arrecifes.

Ese brusco cambio de panorama me obligó a mirar las rocas coralinas del litoral, donde pude percibir en una de las pozas creadas por la continua lucha entre marea y costa, un extraño objeto que flotaba entrado y saliendo de la hendidura, llevado por el oleaje. Era una botella cubierta de escaramujo y algas, que enredadas en su parte angosta la hacían parecer algo fantasmagórica.

Venció la curiosidad y dejándome caer cuidadosamente desde el muro llegué hasta ella, no sin antes mojarme los zapatos y los bajos del pantalón.

Al rescatarla del agua, pude comprobar era (como había imaginado) una botella de barro cocido, al parecer antiquísima, aunque a los objetos flotantes en la mar, el salitre con su trabajo destructivo los hace parecer mucho más antiguos de lo que realmente son.

Quité las algas y me puse a observarla detenidamente, estaba herméticamente sellada, y una sonrisa alumbró mi rostro cuando surgió la tonta pregunta en mi mente: ¿Tendrá algún mensaje, o a lo mejor, el mapa de un tesoro pirata?

La agité fuertemente tratando de percibir algún sonido que me hiciera adivinar su contenido.

Quedé petrificado cuando escuché lo que parecía un quejido.

Los sentidos al parecer me engañaban y el viento haciendo eco en el pabellón de la oreja, como cuando escuchamos al mar dentro la concha de un caracol me jugaba una broma.

Volví agitarla y está vez sin lugar a dudas, no solo escuche el quejido sino también una voz clara que dijo:

–No me zarandeen más.

Los cabellos de mi nuca se erizaron y mi nerviosismo estuve a punto de hacer caer la botella, pero venciendo el miedo pregunte:

–¿Quién eres?

–El genio de la botella –respondió una voz cavernosa, como de ultratumba.

Comencé a mirar la botella por todos lados, a ver si le encontraba cables o equipos electrónicos con que me estuvieran tomando el pelo. Hoy día con todos los adelantos tecnológicos pueden hacer hablar un muerto.

–Quizás no me creas, pero llevo años encerrado aquí y si me dejas salir puedo cumplirte un único deseo, ya que he agotado todos mis poderes mágicos y solamente resta una oportunidad de recompensar a la persona que me libere.

No podía dar crédito lo que escuchaba, y mis pensamientos corrían tan veloces que no podía atraparlos. Mi cabeza estaba a punto de estallar.

Dinero, fama, manjares fue lo primero que se proyectó en mi mente. Mejor que eso, la salida del país, viajes, librarme de eso que hacía muchos años me tenía hasta el topete, el odioso gobierno. Recapacite y dije a mi subconsciente: "Qué egoísta eres, solo piensas en ti, pídele al genio un deseo que haga felices a muchos. Lo pensé mejor y tome una determinación".

–¿Genio estas ahí?

–Desde luego, esperando me dejes salir para cumplir tu deseo.

–¿Cuándo abra la botella seguro cumplirás mi deseo? ¡Mira que estoy cansado de mentiras!

–Desde luego, palabra de genio que así será.

Mi deseo es sencillo. Quiero te lleves a Fidel Castro de Cuba y el comunismo desaparezca de mi país.

Dicho esto, la botella comenzó a saltar y a ponerse tan caliente, que tuve miedo no poder sostenerla en mi mano.

–¿Todavía ese malvado anda por ahí? –Tronó el genio dentro de la botella.

No tuvo que explicarme de quien hablaba, solo con decir malvado bastaba, a buen entendedor pocas palabras... Con timidez respondí un corto:

–Sí

–Hace más de cincuenta años él destapó esta botella, le cumplí el deseo que me solicitó, darle poder y el gobierno de esta isla, después con engaños volvió a meterme en la botella. Dijo que era un refugio seguro para que el imperialismo no pudiera secuestrarme; después puso la tapa, la selló y volvió a lanzarme al mar.

–¿Y mi deseo? –pregunté al genio.

–¡Estás loco! Si ese tipo anda por acá yo no quiero arrimarme por esta isla, ya una vez es suficiente para hacer el papel de bobo. Quien que te va a pedir un deseo soy yo.

–¿Cuál?

–Tírame de nuevo al mar y no digas que me has visto.

Habiendo vivido tantos años padeciendo ese mal, comprendí al genio y la poderosa razón que tenía para seguir aislado en su botella. Tomando impulso la lancé tan lejos cuanto pude, queriendo que la corriente del Golfo la alejara hasta donde ningún malvado pudiera nunca encontrarla, no fueran hacer mal uso del único deseo disponible.

Después la vi perderse en la lejanía, la seguí hasta dolerme los ojos y para nuestra suerte, por lo menos en Cuba, nadie más la ha visto hasta el día de hoy.

EL JARDÍN

A Don Ramón se le pudiera considerar como un viejo gruñón, pero con un corazón todo miel, quien junto a su esposa habían logrado una relación de años como suman al contar todos los dedos, incluyendo los de los pies y multiplicados por dos.

La pareja formó un hogar, digo un hogar; porque una casa se hace con materiales de construcción, pero un hogar se construye solo con amor. Ambos se amaban y su relación era reflejo de una pasión que jamás los años transcurridos pudieron enfriar.

No siempre estaban de acuerdo, es normal. ¿Quién es el mentiroso que se atreve a decir que es posible una pareja, donde no existe ni un sí, ni un no? Dos personas tan independientes como ellos, sólo el amor era su neutralizador. Sobre todo cuando del jardín se trataba.

Doña Juana, amante de flores y el cuidado de las plantas, se volcaba en cuidados y atenciones a las áreas verdes de su hogar. No así don Ramón, que le importaba un bledo todo lo relacionado con esas partes de la casa, considerando que con cortar el césped y atender el regadío ya estaba su función cumplida.

No había ocasión que acometieran los trabajos del jardín, que se pusieran de acuerdo. Ella, porque ponía todo su empeño hasta agotarse y él, quizás sintiendo algo de celos, por tanta atención prestada a algo que no fuera su persona, manifestaba su disconformidad a tanto esfuerzo.

–Mujer no te mates –decía–. Esta es la hora donde el perro no sigue al amo. Te pones más colorada que un tomate, deja eso.
La respuesta de ella no se hacía esperar:
–Si quieres entra y siéntate, que yo sigo aquí hasta que acabe.

Siendo esta frase, el detonador para más alegaciones del caballero de la casa. Al final, pasaban la tarde sin ponerse de acuerdo y con un reprimido enojo que terminaba al momento de irse a la cama y darse el beso de buenas noches.
Cuantas experiencias vividas con altas y bajas, alegrías y penas; risas y llantos, que conformaron sus caracteres a través del cariño, sin perder la identidad.
Hoy Ramón al entrar en su casa paseó la vista por el jardín. Con detenimiento observo todo detalle y colores en las plantas que lo conformaban.

Había mariposas, con su blancura y fragancia característica. La flor nacional de Cuba, pensó. Gardenias, con ese olor dulzón que embriaga. Ayer, hoy y mañana, esas flores que reciben su nombre por brotar del capullo siendo color violeta y a medida que pasan las horas cambian a lila, hasta terminar blancas y marchitarse; formando una acuarela de colores en un solo arbusto.
El sauce llorón con sus ramas caídas reflejo del ánimo que acompaña el llanto. Impaciencias a todo

alrededor de los canteros formados de piedras calizas colocadas, como soldados en desfile militar, unas al lado de las otras uniformemente, del mismo tamaño.

No falta en una esquina la buganvilia, llamada flor de papel (terror de los jardineros por sus espinas como lanzas) y la planta de agudos extremos en sus puntas, bien llamada bayoneta española.

Miró también don Ramón las cuatro tinajas ocupadas por geranios rojos trazando un pasillo hasta la puerta de entrada, donde a su lado aguardaba una hermosa vasija llena de calas florecidas.

Entrando a la casa no detuvo su paso hasta llegar al patio y bajo la sombra de las arecas rodeando los muros altos, contempló las numerosas orquídeas que colgaban en sus troncos, varias de ellas florecidas, mostrando diversidad de formas y colores. Al mirarlas, se percató por primera vez que no tenían olor, pero era tal su belleza que no necesitaban de perfume para atraer y encantar. Llamó su atención los disparejos reflejos de varias clases de crotos rodeando las lozas rusticas donde descansaba una mesa de hierro con cuatro sillas y una mecedora del mismo material. Silenciosamente con lento y trabajoso paso se dirigió hacia ese lugar y dejándose caer en una de las sillas arrastró con su brazo un gajo de flores de novia que se doblaba sobre la mesa al peso de sus ramilletes.

Su vaga mirada busco la flor más bella de su jardín y no la halló. Inhaló profundamente buscando ese aroma que lo había cautivado por tantos años y no lo pudo percibir. La residencia desde hoy ya no sería un hogar, sino solamente una casa, donde tanto las flores como él, sentirían el triste vacío dejado por su amada jardinera.

EL NEGRO JOHN

Siempre estaba en esa esquina de Ferguson, ese hombre negro, con más de 60 años de edad, corpulento, pero faltándole una pierna. Tenía un letrero en la mano en que se podían leer con letras escritas a mano: "Vietnam Veteran, ayúdame para tomar un café". Para mí no era trabajo al pasar hacia mi oficina y darle algún que otro dólar. Siempre he sentido admiración por aquellos que se han sacrificado en nombre de la libertad.

El haber nacido en una isla del Caribe donde tu vecino más cercano, aquel con el que jugabas pelota o balompié, podía ser de cualquier raza, era tu amigo y punto. Eso me ha librado de estereotipos raciales.

Esa persona siempre que pasaba por su lado me daba los buenos días, a lo cual yo contestaba cortésmente, eso lo gravó mi mamá en mis maneras. Líbreme Dios no saludar cuando alguien lo hacía primero, o entrar en una casa sin pedir permiso, ni dar el saludo debido. Muchas miradas, regaños y algún que otro pescozón me hicieron no olvidar la lección.

Alguna vez más que otra había tenido cortas conversaciones con él, en este país de abundancia lo único que siempre escasea es el tiempo, sabía que se llamaba John y que perdió su pierna en la batalla de Pleiku.

Para mi Ferguson en el estado de Missouri no significaba nada. Solo un lugar donde la compañía para la cual trabajaba tomó la decisión de enviarme. Se necesitaba un individuo que pudiera desenvolverse tanto en inglés como en español y ese era yo.

Mi vida a partir de ese momento cambio totalmente. Echaba de menos el cubaneo de Miami, el café cubano del Versalles y mi amada Hialeah.

En mi nueva plaza solo tenía tiempo para trabajar y aunque vivía en las afueras de la ciudad, mi trabajo se encontraba enfrente de la estación de policía en pleno Down Town, muy conveniente, pues al ser una firma de abogados nuestro negocio resultaba provechoso estar cerca de los edificios gubernamentales y las cortes

En algunas ocasiones cuando sentía frío (Soy un individuo tropical, no amante del frío) antes de llegar a la oficina me compraba un café, pero no olvidaba comprarle uno a John y se lo daba al pasar, en mi apuro por llegar a mi trabajo. Nunca dejó de darme las gracias y bendecirme por algo que llegué a considerar algo normal.

La situación social en la ciudad se puso mala cuando un policía blanco mató a un joven negro y comenzaron los disturbios raciales. Yo estaba tan ocupado con mi trabajo que escuchaba las noticias, pero ni atención les prestaba.

Crearon un gran jurado para agilizar la justicia y el resultado se dio el día escogido después de la seis de la tarde. Masas de agitadores políticos azuzaron los desordenes, cuando dieron absuelto al policía ante las muchas evidencias de haber sido atacado por el problemático muchacho de 17 años 6 pies 4 pulgadas y 260 libras de peso.

Salí tarde de la oficina y cuando monté mi carro sentía el alboroto, pero opté por tomar el camino que acostumbraba, grave error, era la zona más caliente del conflicto. En un abrir y cerrar de ojos, una turba enfurecida rompió los cristales de mi vehículo y sin saber cómo, sentí unas manos que me aferraron y sacaron del asiento tirándome al piso, mientras que otros comenzaron a patearme.

Pasó por mi mente que había llegado el momento de rendirle cuentas a Dios, pues ese gentío quería hacerme puré para saciar su odio, sin importar que yo no tenía nada que ver con los acontecimientos. Las turbas son como las jaurías, basta que uno lance la primera dentellada, para que todos comiencen a morderte hasta despedazarte.

Imposibilitado para poderme defender en medio del tumulto, una muleta se atravesó entre los que golpeaban y mi cuerpo. Dos poderosas manos y una sombra negra sostenida por una sola pierna, recostada a la carrocería de mi carro se interpuso entre mi cuerpo desmadejado y los rufianes.

–A este hombre nadie lo toca, rugió una voz que se oyó por sobre la muchedumbre, paralizándola.

Era John que con su muleta haciendo molinetes mantenía a raya a todos. Tan imponente se veía, que los que me atacaban decidieron ir para una tienda de efectos eléctricos al otro lado de la calle para saquearla.

Entre mi amigo y algunos vecinos me socorrieron hasta que llegó la policía y el rescate a prestarme los primeros auxilios y llevarme al hospital.

Pasado unos días cuando me recuperaba de varias costillas rotas y cortaduras en distintas partes del cuerpo, recibí una visita inesperada, en el cuarto del centro hospitalario, era John. Aún con mi boca inflamada por los golpes pude preguntarle

–¿Por qué me ayudaste, exponiendo tu vida?

Su respuesta fue tan sencilla y sincera que me dejo sin palabras:

–En la guerra comprobé que la amistad se prueba en los momentos difíciles, en las buenas es fácil, pero en el fragor de la lucha no hay raza ni dinero, solo el compañero que es capaz de salvarte. Quien me recogió cuando un obús me cercenó la pierna fueron mis camaradas, blancos negros, latinos, porque el ser humano es uno solo.

Ante ese argumento, tartamudeando y con mis ojos llenos de lágrimas solo pude decir:

–Gracias.

EL PERRO E. T.

Decir como apareció en nuestro patio cercado por una tapia con más de siete pies de altura, sin un hueco, por donde no puede pasar ningún animal que sea de mayor tamaño que una lagartija, es verdaderamente un acertijo. No quiero pensar mal de la humanidad y que hayan personas tan criminales que pudieran haberlo lanzado por sobre el muro de bloques que rodean mi casa; prefiero pensar que un OVNI, lo dejó allí con una misión espacial, siendo un perro Extraterrestre.

Parece a simple vista un chihuahua amarillo con manchas blancas, tiene una característica que lo identifica como un ser especial. En medio de una franja blanca que atraviesa su frente, se destaca una figura de pelaje amarillo en forma de diamante, un rombo geométrico perfecto, por lo que le bautizamos Rombo.

El encuentro no fue afectuoso, su primer contacto con personas de nuestro planeta no resulto agradable, tuve que ganarme su confianza y demostrarle que era un terrícola pacífico, incapaz de hacerle daño. Dejó de enseñarme sus colmillos agudos como agujas, cuando arriesgándome a ser atacado logré acariciar su marca distintiva. Relajándose de una forma que parece entendible en todas las galaxias, moviendo la cola.

Me pregunto si nuestra forma de comunicarnos es la correcta y si comprende nuestro idioma, lo que digo que haga, es lo último que se le ocurre hacer; no quiero pensar que sea travieso, sino que no me entiende.

Parece que en el mundo al cual pertenece tienen todos los problemas resueltos, porque él solo piensa en jugar, ni siquiera a la comida le presta atención; el retozo y la caricia son las cosas que le atraen.

Aunque su idioma semeja el ladrido de los perros que conozco en el globo terráqueo, estoy dispuesto a creer que la mejor comunicación la logra telepáticamente, pues lee mis pensamientos antes que surjan palabras de mis labios y sus ojos brillan cual luceros a cada muestra afectuosa de todo miembro del círculo familiar

Por sus manifestaciones me da a entender que una de sus misiones encomendadas es la de hacerles la vida imposible a los animales que conviven en nuestro hogar. Amaga con quitarles la comida, aunque no se la coma, simplemente para buscar el gruñido y la muestra de enojo de sus víctimas. Corre sin control aunque en su carrera empuje y se lleve por delante a quienes reposan y duermen su vagancia; él es un disturbio en cuatro patas.

Su energía es incalculable, nunca se agota. Como el conejo de la "Energizer" sigue, sigue y sigue. ¿Será que tiene un reactor atómico en lugar de corazón?

En el libro de ciencia ficción *La guerra de los mundos*, del escritor H. G. Wells, hay agentes terrícolas que conspiran en su contra. Los colores tan claros de su pelaje lo convierten en fácil blanco de cualquier pulga que llegue extraviada a nuestro patio, la suerte es que Rombo prefiere el aire acondicionado del interior al calor agobiante de La Florida. Quizás en su planeta no tengan problemas climáticos y su temperatura ambiente sea más baja que la que sufrimos aquí.

Soy observador y he notado su predilección por mí. Intuyó que ha sido programado para ganarse la confianza de quienes ocupan puestos de mayor jerarquía y responsabilidad en los lugares donde llega. Si esa fuera su misión, lo hemos burlado, pues en mi hogar como en casi todos los que conozco; el mando y el poder absoluto están en las manos de sus esposas. Así que se llevará una información equivocada.

Ya lleva un año entre nosotros y aunque lo mantenemos en constante vigilancia, no vemos motivos para reportarlo a la academia de ciencia, a la NASA, ni tampoco al departamento de seguridad interna del gobierno federal, su vida se desarrolla como si fuera un perro común. Su disfraz es tan perfecto que lo hace pasar inadvertido sin que nadie lo reconozca como un E. T. Sólo nosotros que sabemos su origen conocemos su falsa identidad.

Lo llenamos de cariño, afecto y atención. Nadie sabe si es la avanzada a una invasión extra planetaria y de esta forma nos ganamos su favor, por si terminemos siendo nosotros sus mascotas y nos dé el mismo trato que hoy le prodigamos a él.

Nadie sabe los misterios que nos oculta este universo...

ÉL

Supo, desde que lo vio en la escuela de segunda enseñanza, que sería el hombre de su vida.

Con el arte innato que posee toda mujer, captó su atención, se trataron como amigos y logró le declarara su amor; ni corta, ni perezosa, batiendo sus largas pestañas y sus mejillas arreboladas, contestó con un casi no audible "sí". Un primer beso inexperto selló ese noviazgo que traspasaría las puertas del tiempo.

Al comunicarlo a sus padres recibió las naturales respuestas: Estás muy joven para eso, tienes que pensar primero en estudiar, etc. Ella, con su persistencia hizo posible admitieran conocerlo y que viniera a estudiar con ella alguna que otra tarde en su casa, bajo la atenta mirada de mamá.

El día que él pidió la mano a su papá para tener una relación formal, ya su padre había investigado todo el árbol genealógico, sus amigos y por si fuera poco, en varias ocasiones por "casualidad", se encontró con ellos tomados de las manos por los alrededores del centro educacional al cual asistían. El ojo atento del celo paternal cuidaban la que era su única joya, ella.

Quedaron las leyes claras: visitas solo dos días entre semanas; sábados y domingos tenía que avisar con tiempo una salida al cine o algún baile, a ver si la chaperona podía acompañarlos, de no ser en esa forma, permanecerían en casa.

El tiempo transcurría y a pesar de las limitaciones, se profundizaban las raíces de ese amor. Un beso furtivo cuando nadie miraba, un toque discreto en zonas prohibidas que le hacían soñar con emociones hasta entonces desconocidas, arraigaban la certeza que ese sería su compañero de toda la vida.

Contra Natura nadie puede luchar y no fueron pocas las oportunidades para encuentros fuera del férreo control. Un viaje a la modista, arreglarse las uñas (donde la demoraba se justificaba porque habían muchas clientes), o ir a las tiendas con la prima, quien era la más segura de sus cómplices.

Le dieron rienda suelta a la pasión juvenil donde los labios y el tacto se encargan de descubrir los misterios de la persona que amamos. Ellos nunca llegaron a sobrepasar esa línea que habían acordado. El mayor tesoro sería entregado el día de sus nupcias, como ofrenda de su unión. Para algunos esto puede ser tontería, pero aun cuando el fuego ardía entre sus caricias, tanto el uno como el otro, venciendo el deseo, lograban detener sus ansias.

Corrían tiempos difíciles en el país. Todo había cambiado y no para algo mejor.

El trabajaba y también había logrado su ingreso en la universidad, todo como habían planeado, por lo que ya habían fijado una fecha para la boda, quince de junio de 1961. Lo que se desconocía era que él, tenía otro gran amor además de ella: su patria.

Conspiró para derrocar el régimen político y aunque ella, lo notaba cambiado, nunca la hizo partícipe de sus andares conspirativos, con tal de no preocuparla. A sus preguntas siempre daba la misma respuesta: No tengas celos injustificados, tú eres la única mujer con la que iré al altar y solamente muerto faltaré a mi cita.

Proféticas resultaron sus palabras; capturado por las fuerzas represivas del gobierno, fue fusilado quince días antes de su boda.

Estoica, no derramó una lágrima cuando los genízaros del régimen fueron a dar la noticia. Solamente su almohada fue eco de su llanto, sus quejidos y su dolor. Ocupó el puesto dejado por él en la lucha, estando a punto de ser detenida en varias ocasiones. Sus jefes pensaron que peligraba y determinaron enviarla fuera del país en una misión de contacto, salvándola de ser atrapada como lo había sido su gran amor.

Hoy esa mujer triste, de carnes flácidas, que todavía muestra señales de belleza, con ojos brillosos y chispeantes a pesar de los años transcurridos, es la misma que quedó esperando una promesa incumplida. La pasión que muchas noches mordió su carne con deseos y espasmos de recuerdos, habita aun en ella; la novia que tomó la decisión de ser virgen, guardada para él, en su viudez eterna.

¿ESTÁ EL DOCTOR?

–¿Está el Doctor? –preguntó el hombre mayor, con cara demacrada y mal aspecto, a la empleada que atendía la oficina del consultorio médico.

–¿Cuál de ellos? –Respondió también con una pregunta, la joven mujer–.   Aquí trabajan varios médicos. Depende con quien tiene usted consulta.

–Vengo a ver a un tal Dr. John Albert. Psiquiatra.

–Sí, el doctor llegó hace rato y está consultando. Él es muy puntual. ¿Pudiera decirme su nombre para confirmar su cita?

–Mi nombre es Oscar Madero. Mi cita es para las dos de la tarde, me sospecho que no tendré que esperar mucho.

–Exacto señor Madero, Como le dije el doctor es muy puntual y trata de atender todos los pacientes a tiempo.

Esbozando una sonrisa la empleada voz dulce, continuó:

–Pero no olvide que a todas las personas que entran por esa puerta les cambia el nombre. Ahora su nombre es: paciente. Por eso, para que el médico le pueda dar un servicio adecuado debe tener paciencia. Si es primera vez que viene, le ruego llene esta planilla con todos sus datos y después me los entrega junto a la tarjeta del seguro –dijo mientras le extendía una tablilla con una pluma atada a ella y señalaba un asiento desocupado en una esquina de la sala de espera.

Pasado un rato y transcurrido los trámites reglamentarios, la empleada, con actitud muchas veces ensayada, abrió la puerta de acceso a un largo pasillo lleno de cubículos llamando: señor Maderos, por favor puede acompañarme. Franqueó la entrada, guiando al hombre hasta un consultorio vacio, el cual cerró tras él, no sin antes colocar el portafolio perteneciente al paciente en un soporte plástico frente a la puerta. No tuvo que esperar mucho, transcurridos unos minutos entro un hombre con una bata blanca, trayendo en sus manos la información del paciente y con gesto agradable le tendió la mano presentándose.

–Señor Madero, soy el doctor Albert. ¿En qué puedo servirle?

Era el Dr. Albert un profesional quien desde la primera vez que lo vemos derrumba barreras y se gana nuestra confianza a pesar de ser joven. Impecable en su vestir y de cara afable, su mirada rompía el frío que siempre existe entre médico y paciente. Sus ojos azules daban la misma impresión de tranquilidad que sentimos cuando miramos el mar.

Madero comenzó diciendo:

–Doctor, tiene que ayudarme, no puedo más –sus manos no se estaban quietas, mientras se movía en el asiento, pareciendo que en lugar de tela tuviera espinas el fondo de la silla–. Sufro de delirio de persecución.

–Tranquilo, estamos aquí para ayudarlo. Nuestra función es calmar su intranquilidad, pero si no es más explicito en decirme que le pasa, no podemos lograrlo. Le ruego sea claro, conciso y que confíe. Como profesional estoy obligado a mantener confidencialidad y todo lo que usted me diga quedará entre estas cuatro paredes. La Psiquiatría consiste en indagar lo que hay en la mente humana y buscarle solución a cualquier desorden que pudiera haber –dijo el médico.

Al escuchar estas palabras, una ligera sonrisa sarcástica se dibujo en la boca del paciente.

–Sé eso, era enfermero en un hospital psiquiátrico en mi país. Esa es la causa de mi problema.

La mirada del galeno no se inmutó y con voz pausada lo conminó.

–Adelante señor Madero. Si cree conocer la causa, me va ayudar a hacer el trabajo mucho más fácil.

–¿Es usted cubano? –Preguntó Madero, quien al ver el movimiento de cabeza negativo del Dr. Albert continuó, en esta ocasión sin detenerse, soltando las palabras con la velocidad propia de los nacidos en ese país caribeño–. Las cosas en Cuba no son fáciles. Seguro que usted nació, estudió y se graduó aquí, desconociendo las cosas que suceden allá. No se imagina todo lo que hay que hacer para no señalarse y caer molido por el engranaje de la política. Al principio como la mayoría me monté en el carro de la revolución y me hice miliciano, cooperando en todo lo que podía. Confiando que eso era lo mejor para el país. Un día, llegaron a la sala donde trabajaba de enfermero unos oficiales de la seguridad del estado (El G2, como le decían en ese tiempo) y me llevaron en un vehículo a un lugar, que después supe era el cuartel principal del organismo. Allí trataron de convencerme que la patria necesitaba mi ayuda, pudiendo ser muy útil. Intoxicado por toda esa porquería, accedí a cooperar con ellos.

Mientras Madero continuaba su historia, los ojos del médico no perdían uno solo de los gestos del paciente, sobre todo captaban que la mirada de aquel resultaba imposible de atrapar, pues nunca sostenía la vista. Continuó su relato:

–Yo pensaba que hacía lo mejor, por eso cuando ocuparon una sala del hospital usando la psiquiatría para doblegar a los contra revolucionarios y hacerlos confesar sus delitos, llegué a ser uno del personal de confianza. Experimentando con el método Pavlov de los reflejos condicionados en muchas ocasiones y otras aplicándoles electro shocks, en el cual me convertí en experto.

Se mantuvo por un rato callado, aprovechando el médico para preguntarle.

–¿Qué sentía usted cuando aplicaba esos llamados tratamientos a los reclusos? Defínalo en una palabra. Inquirió el galeno

Sin pensarlo dos veces Madero respondió:

–Poderoso.

Y por primera vez desde que comenzó la charla hubo algo de brillo en sus ojos.

Tocaron a la puerta, el médico respondió dando autorización a entrar, mientras hacía un gesto al paciente, solicitando su anuencia.

Asomó un rostro femenino que anunció: El Dr. Gómez está tratando de contactarlo. Dice que no es urgente, pero necesita lo llame.

–Lourdes, sabes bien que cuando estoy con los pacientes prefiero no ser interrumpido –Al decir esto no lo dijo con grosería, pero si con voz firme–. Pero vino bien que entraras. ¿Cuántas citas tenemos después de Madero?

–Dos más doctor.

–Suspéndelas, porque no voy a poder atender a nadie más.

La asistente preguntó:

¿Seguro, doctor? –Sabiendo que no era práctica común del médico posponer citas.

–Sí, Lourdes. Este paciente requiere toda mi atención y por favor, no quiero ser interrumpido.

La puerta se cerró ocultando el rostro de la dama y dirigiéndose al paciente dijo;

–Disculpe, pero estos incidentes no son frecuentes en mi consulta. Nos quedamos en que usted se sentía

"Poderoso". Y quiero hacerle una pregunta. ¿De niño era tímido?

- Sí, es cierto –respondió Madero–. Por eso cuando tenía a esa gente bajo mi dominio, me sentía importante. Mojaba el piso antes de aplicarle los shocks y no le ponía protectores de goma entre los dientes, por lo que muchos se rompían las muelas o se cortaban la lengua. Podía hacer con ellos lo que quisiera.

–¿Nunca tuvo algún sentimiento de piedad con ellos? Es decir. ¿No tenia remordimientos, señor Madero?

–En esa época no, pero ahora sí. No puedo dormir, me parece que me persiguen. En ocasiones estoy solo en la casa y siento que alguien me mira. Me levanto, busco y no hay nadie.

–¿Si pudiera ubicar el tiempo, desde cuando comenzó a tener esa sensación de persecución?

Se quedó pensando Madero y antes de contestar hizo a su vez una aclaración.

–Médico. Me dijo que todo lo que aquí se hable es entre usted y yo ¿Es decir que no me puede denunciar a la justicia ni con inmigración ni con la gente de Miami?

La cara del Dr. Albert cambió de color tomando un tinte rojizo antes de contestar a Madero.

–Me imagino que una persona como usted, que alguna vez estuvo relacionado con el trabajo en el sector de la medicina, no le es ajeno al juramento Hipocrático que hacemos los médicos, en el cual nos comprometemos a salvar vidas y curar las dolencias del ser humano. Es más, soy de la opinión que todos los que trabajan como enfermeros o técnicos de la salud debieran también hacerlo suyo. Que existan algunos que en lugar del juramento de Hipócrates, hagan el de hipócrita y mercenarios, no me incluye en ellos.

Al decir estas últimas palabras dio una entonación que no dejaba lugar a dudas.

Madero, más confiado ante la respuesta del doctor, continuó su relato:

–Llevaba años haciendo los electros y dando drogas sicotrópicas para alterar la salud mental a esos pacientes que la seguridad del estado me ordenaba dar un carácter "especial". Usted me preguntó si sentía remordimientos, debo ser franco, No. A veces me extralimitaba, en ocasiones me orinaba arriba de ellos, sabiendo que al aplicarles los electrodos y dejar pasar la corriente, el efecto sería mayor. Quizás podría decirse que hasta lo disfrutaba.

–¿Cuándo comenzó a sentir remordimientos? –Preguntó Albert.

–Después que murió un paciente, con él "se me fue la mano". Al aplicarle las descargas eléctricas no resistió. Al parecer tenía el corazón débil, pero allí no se estaban con esas tonterías. Terminé las descargas, cesaron las convulsiones, me percaté que sus ojos quedaron abiertos, me miraban fijos. Lo ausculté con el estetoscopio y su corazón había dejado de latir. Cuando fui a buscar al médico de guardia en el pabellón para notificarle lo ocurrido, me respondió que no perdiera tiempo, total, un gusano menos.

–¿Eso le afectó tanto, que le ayudó a revalorizar su actitud? –Cuestionó el médico.

–Los ojos. Esos ojos no se han borrado nunca de la memoria, hasta el día de hoy. Eran claros como los suyos, pero grandes, casi salidos de las órbitas. Por las noches me despierto y los veo, me acusan, son testigos mudos que me persiguen.

–Señor Madero, ¿Qué dijeron los familiares? o mejor dicho. ¿Supo en algún momento de la familia o el nombre de esa persona que falleció?

–Tenía miedo, no quería que nadie se enterara, pero siempre hay fugas de información y alguien habla de más. El teniente a cargo de la sala fue quien dio la noticia a la esposa que estaba embarazada y se desmayó en medio del pasillo. Después me desentendí de todo y solicité traslado para otro hospital, alegando problemas de salud. Me dejaron ir, en el lenguaje del G2, ya estaba quemado; es decir, llevaba mucho tiempo en esos menesteres. –Bajando la voz, como si temiera ser escuchado fuera del cubículo, Madero dijo–: Antes de irme del hospital busqué el nombre del individuo en su expediente, nosotros sólo lo conocíamos por el número de la cama. El tipo se llamaba Alberto Cano.

El médico tuvo una ligera contracción en el rostro y apretó la pluma con la que comenzó a escribir el papel que tenía ante sí. Con calma se acomodó en el asiento, carraspeó antes de comenzar a hablar con voz pausada, mirando fijamente a Madero.

–Su primer problema podemos considerar que es, no poder diferenciar arrepentimiento de remordimiento.

Parece un juego de palabras, pero no lo es. Voy a tratar de explicárselo, porque todo radica en sus definiciones.

"Los seres humanos no somos perfectos y en ocasiones a consecuencia de traumas o trastornos de nuestra personalidad, cometemos hechos o desarrollamos conductas que dejan marcas en nuestro subconsciente. Cuando tenemos conciencia que nuestro proceder entra en conflicto con lo que definimos comúnmente como el bien o el mal, es cuando comenzamos a juzgar en nuestra propia mente y condenamos o gratificamos nuestro ego, por el mal que causamos o por el bien que hacemos. En el caso suyo; está consciente que actuó con falta de ética profesional, dejó de lado el principio de hacer el bien. Pero, cuando la persona se arrepiente, reconoce que hizo mal, tratando de reparar el daño cometido, busca el perdón de los afectados y lo más importante, se perdona a sí mismo, logrando su equilibrio mental. No sucede así con quien sabiendo que ha obrado incorrectamente, persiste en la negación de los hechos, tratando de justificarse, pero sabiendo en su subconsciente que no se perdona. Eso es remordimiento y conlleva a la disfunción de la salud mental. ¿Me hago entender?" –Preguntó el galeno.

Madero, no quitó la atención a cada una de las palabras que el psiquiatra había dicho y en el corto intervalo que tomó para respirar el médico, le espetó:

–¿Pero, tengo cura?

–Sí, puedo decirle que tiene cura, pero todo depende de usted y la voluntad de querer convertir el remordimiento en arrepentimiento. Desde el comienzo le dije que todo radica en definiciones, las cuales no ha tomado en cuenta.

–¿Qué significan para usted, señor Madero, las palabras perdón y justicia?

Al escuchar la última palabra, el paciente trató de levantarse del asiento. Pensó en la confrontación con la justicia, que lo llevaría a la cárcel o a la venganza de los residentes de esta ciudad, con quienes tenía cuentas pendientes.

–Siéntese, dijo el doctor con autoridad, no crea me expreso en esos términos porque le he preparado una encerrona. Quizás dude de mi profesionalismo y discreción, le repito, no tema, se lo digo francamente.

–No. No le tengo miedo –respondió Madero, aunque su actitud mostrara lo contrario–. Si vine hasta aquí, es porque tengo referencias de su capacidad como psiquiatra y hasta ahora me ha demostrado que sabe hacer su trabajo.

–Voy a definirle esos términos también, Madero. Perdón es poder borrar el odio y el rencor que albergamos, aun teniendo causa justificada para sentirlos y justicia es afrontar la responsabilidad por nuestros actos. No sé si usted es creyente o no, pero dice la Biblia: Todo lo que el hombre sembrare, eso también segará. Si lo traduzco al lenguaje de los campesinos de su país, diría "Quien siembra vientos, recoge tempestades".

Las suaves palabras del médico no lograban apaciguar a Madero quien miraba a la puerta con más ganas de abandonar el consultorio que de escuchar.

–Madero, usted ha vivido una vida de temores y escapismos, por eso, para dejar de padecerlos tiene que enfrentarse a su verdad y aceptarla. El perdón y la justicia existen, nadie escapa de ellos. Cuando comenzamos nuestra charla, me dijo que yo no conocía lo que era su país, Está en un error. Yo nací aquí, pero mis padres eran también de su tierra. Aunque no conocí a mi papá, mi madre llegó a este país, sola y en estado de gestación. No solo supo darme con mucho sacrificio una carrera profesional, sino también me enseñó muchas cosas de allá. Sé lo que es la represión, el temor de no querer señalarse, ser uno más de los arrastrados por ese rio tumultuoso, aunque para ello tenga que perder su dignidad como ser humano. Pero sé también que hay personas capaces de pagar el precio que conlleva ser dignos.

Madero se levantó del asiento y se dirigía a la puerta cuando el doctor, interponiéndose en su camino alzó la voz y le dijo:

–Míreme Madero.

La forma como fueron dichas esas palabras no admitía respuesta. Madero temblando levantó el rostro hasta clavar su mirada en la cara del doctor.

–Mi apellido Albert, es el que tomó mi madre cuando se naturalizó en honor a mi padre que se llamaba Alberto Cano.

Madero quedó paralizado, sin poder quitar la vista de los ojos del médico que le recordaban a esos que sin vida lo impactaron en el hospital psiquiátrico de Mazorra mucho tiempo atrás. Dando un grito, empujo al médico y salió corriendo por el pasillo, arrollando a las empleadas en su loca carrera.

Lourdes la secretaria llegó hasta el doctor, tratando de justificarse, diciendo:

–¿Doctor Albert ese hombre salió como un tornado, no dio tiempo a cobrarle la consulta, llamo a la Policía?

–No, Lourdes, no te preocupes. Esta consulta hace años fue pagada.

Cerrando la puerta, el Dr. Albert se sentó en su escritorio, sumergió el rostro entre sus brazos y rompió en llanto.

Al otro día al llegar a su consultorio el Dr. John Albert, notó que todas las empleadas estaban conversando muy alteradas. Lourdes sin esperar que la cuestionara le comentó:

–¿Se enteró, doctor, se enteró? Mostrando un periódico que traía en la mano. El médico sin inmutarse, miró el papel que portaba la empleada, sin entender lo que quería decir. Ella dijo:

–El paciente que se fue sin pagar, el señor Madero, era un torturador en Cuba y lo han encontrado muerto en su casa de un ataque cardiaco.

Los ojos azules del doctor se volvieron más claros, cuando dijo a su interlocutora con voz calma: Nunca he estado tan seguro como hoy, que nadie escapa de la justicia ni del perdón.

Prosiguió su camino por el pasillo y mientras llegaba a la puerta de su oficina, levantó sus ojos a lo alto y dijo en voz casi imperceptible: "Madero, yo te perdono".

FRUSTRACIÓN

Como miembro del Ministerio del Interior formado en la ideología de entregar la vida por el Partido y su máximo líder, siempre cumplí todas las órdenes emanadas por la dirigencia de la revolución. Por eso, cuando fui seleccionado para un trabajo especial, lo asumí sin siquiera preguntar.

Usar sustancias químicas y bacteriológicas para matar, herir o incapacitar al enemigo era la razón que fue creada esa rama encubierta donde pocos se relacionan con ella, pero que resulta un secreto a voces. Como se podría decir comúnmente, un elefante escondido, pero con la trompa al descubierto.

Cierto que es trabajo "sucio", pero la guerra química y bacteriológica no es nueva. Ya Alejandro Magno la uso en el sitio a Tiro, cuando arrojaba sobre sus muros cuerpos en estado de descomposición con sus catapultas para contaminar la ciudad y lograr su rendición.

El ejército japonés tuvo durante la segunda Guerra Mundial la unidad 731 de Kuantun en China donde hicieron experimentos con prisioneros, utilizando los virus de la sífilis y la peste bubónica con esos fines y durante ese mismo periodo histórico, los germanos no quedaron atrás, utilizando gases para la eliminación masiva en los campos de exterminio.

Para el año 1978 o 1979 en el hospital Naval de La Habana, comenzaron a hacer pruebas para aislar la gangrena gaseosa y buscar forma de poder utilizarla como arma letal. Después extendieron los campos investigativos, llegando a ocupar para el año 1995 las instalaciones del hospital militar Carlos J. Finlay, de Marianao y las del instituto de Medicina Tropical Pedro Kouri (conocido por sus siglas IMTPK). En este último lugar se realizaron estudios para utilizar al mosquito culex como vector de la encefalitis y virus del Nilo occidental. En ese tiempo por orden superior, se trató de utilizar aves migratorias para que en su migrar de retorno a la Florida fueran portadoras de encefalitis equina.

¿Se asombran? No tienen por qué; si los métodos han sido ampliamente usados por la NKGB soviética desde su fundación con el nombre de CHECA por Félix Dersinsky y también por todos los departamentos de seguridad del Estado en Europa del Este, cuando existía el campo socialista.

Muy conocido el caso del disidente Búlgaro Jorge Makov, que en 1978 fue asesinado en Londres dentro de un elevador, usando un método muy sofisticado. En la punta de un paraguas colocaron una aguja, con que se inoculó la cantidad de 500 microgramos de ricina (tamaño similar a una cabeza de alfiler). Es la Ricina una toxina extraída de la Ricinus comunis, para la cual no hay antídotos, distribuyéndose por el organismo a través de los nódulos linfáticos y causando la falla múltiple de órganos, trayendo la muerte inevitable.

Algo similar pasó con el Checo Alexander Dubcek el 7 de Noviembre de1992 pero en este caso con Estroncio 90.

Es común la utilización de métodos directos para la eliminación de un objetivo, pues se ha comprobado que los ampliamente conocidos gases neurotóxicos,

Sarin, Tabun, y UR554; se corre un alto riesgo destapando una caja de Pandora, resultando demasiado peligrosa para quien pretenda abrirla jugando hacerse similar a Dios. Afectando amigos y enemigos por igual.

Hoy somos más sofisticados y como el caso del coronel desertor ruso, Alexlivinienko, ocurrida también en Londres; se uso material radioactivo Poloniun 210.

Cuando fui seleccionado para este trabajo, consideré un honor, depositaran esa responsabilidad sobre mis hombros. Eliminar con estos métodos a los enemigos de nuestro país. Sin pensarlo dos veces asumí las encomiendas asignadas, viajando a lugares del mundo donde tuviese que ir o aquí mismo dentro de nuestro territorio.

Como se dice en el argot militar: Las órdenes se cumplen, no se discuten. Mucho más, al dejar de ser hombres para convertirnos en máquinas entrenadas a no analizar, sino ejecutar y eso fue lo que siempre hice.

Cuando un líder contrarrevolucionario de Miami viajo a Rusia para entrevistarse con el presidente de esa nación, se me asignó el trabajo de inocularle "algo", que terminó desarrollándole un grave caso de cáncer muy raramente conocido. Labor que realicé con la ayuda de nuestros antiguos asociados de la KGB rusa.

Contamos en nuestro arsenal con cepas de ántrax, botulismo, carbunco, viruela, la enfermedad del Legionario; hasta el potentísimo virus de Ébola y la plaga neumónica resistente a los antibióticos conocidos. Pero con los enemigos internos usamos métodos menos sofisticados.

José Abrahantes que fue Ministro del Interior, por orientaciones directas del Comandante, se le puso un somnífero en la comida y estando profundamente dormido se le inyecto aire en el corazón para provocar un colapso gaseoso. Al otro día como versión oficial se dijo murió por un infarto masivo. Lo mucho que sabía, fue la causa su muerte.

Mario Chanes de Armas, y otros muchos presos fueron utilizados como cobayos, experimentando distintos compuestos que dieron resultados aun después de ser puestos en libertad. Eso es llamado "métodos de largo alcance", pero no menos efectivos.

Hace poco a la líder de las conflictivas 'Damas de Blanco', una mujer llamada Laura Poyán, también hubo que prepararle su dosis, ayudándola para que dejara de ser un problema social.

Cumplí siempre con lo que entendí era mi deber, pero resultó ser que al igual que Abrahantes, llegue a saber demasiado y como las revoluciones son semejantes al dios mitológico griego Cronos, devora sus propios hijos, caí molido en la misma maquinaria que en su momento ayudé a crear.

Aparte de mi estado físico, mi estado anímico está por el suelo, entendiendo ahora el significado de frustración, al servir toda la vida una causa que no vale la pena.

No sé el mal que me aqueja, los médicos no se ponen de acuerdo, pero cada día, con velocidad vertiginosa pierdo el vigor y la fortaleza que siempre me distinguía. Después del infausto momento que al sentarme en la butaca de mi escritorio, sentí el pinchazo en uno de mis glúteos y encontrar una aguja colocada directamente para cumplir su cometido.

Solo albergo un deseo. Encontrar al desmadrado que colocó el dispositivo inoculador y avisarle que seguro será la próxima víctima, de este ciclo funesto que envuelve a todos los que somos servidores de tiranos.

GORDO OFICIAL

Se acabó, me he declarado "gordo oficial".

Bueno, la verdad que eso no es como si fuera, Alcalde del Condado, ni te van a dar un Grammy, ni tampoco vas a caminar por una alfombra roja por eso. Pero si les voy a decir: (aquí entre nos) sin que se corra mucho la voz. Al hacerme gordo oficial, me quito de arriba una partida de coprófagos enorme.

¿Qué es coprófago? ¿No me digas que no lo sabes? Es una forma muy fina de decirle come mierda a cualquiera, que al decirlo con mucho caché, se piensan que hasta los estas elogiando.

¿Qué por qué son comedores de excremento? (Apréndete otra, que esto es también decir comemierda). Porque me ha hecho la vida un buñuelo, repitiéndome hasta caerse de espaldas ¡Qué estoy gordo!

¡Cómo si en mi casa yo no tuviera espejos!

¿Cuándo a un calvo, hay que decirle que es calvo? ¿O decirle a un orejón que tiene las guatacas grandes, o a un feo, que es feo? ¡Nooo, Caballero! Si ellos lo saben.

Hay que ser muy estúpido para no darse cuenta de cómo somos. Si ahora hasta te venden los refrigeradores, que en lugar de pintura le ponen por fuera un color metálico pulido, que nada más se te ocurre ir a tomarte un vaso de agua y lo primero que ves es tu imagen; como si fuera una fotografía tuya puesta en un parche magnético tamaño natural.

Para mí, que lo han hecho con doble intención, porque al que esta envueltico en carne (como yo) y tiene la idea, cuando las tripas le suenan, echarse un bocadillo a media noche. Se va a buscar lo que quedo de la cena y... *stop*.

Te miras reflejado en esa caja metálica y te acomplejas. Si ya habías abierto la puerta, te remuerde la conciencia y la vuelves a cerrar. Por eso digo que lo han hecho adrede.

Volviendo a la gente sin tacto, que nada más te ven y te sueltan a boca de jarro ¡Qué gordo estas!

Y todavía se quejan cuando uno le suelta un taco o le da una mala contesta. Hay una persona que conozco desde hace muchos años, que tiene más arrugas que un carro chocado entre dos rastras y cada vez que me ve, me repite la frasecita indecible a los sobre pesos.

Hasta que un día le respondí: Estoy gordo, pero puedo bajar de peso. Tú estás vieja y por mucha cirugía que te hagas, vas a tener los mismos años.

Los que me preguntan si estoy en estado de gestación y que cuantos meses tengo, solamente les respondo. ¿Quieres ayudarme en el parto?

¡Y todavía mi mujer me pelea, porque dice que soy mal educado!

Si por casualidad cualquiera te invita a comer o coincides con alguien de esos, a la hora de servirte. Te miran con una cara... Que lo único que les falta es, pesarte la comida o sacar la suma de cuantas calorías llevas en la mano.

Contra, Si la ballena se pasa la vida haciendo ejercicio, nadando, solo come pescado. El elefante camina todos los días (no he visto a un elefante sentado en el asiento de un carro) solo come hierba, y los dos están gordos.

Vamos a tomarnos un tiempo y analizar la gordura a través de nuestra cultura.

Antes estar flaco era un pecado. Era señal de desnutrición y hambre.

Cuántas veces no escuchamos: "Fulano, parece un fideo", o, "esta flaca parece una majúa, tiene los huesos de las clavículas que parecen dos jaboneras".

Porque los niños que estaban flacos, les disparaban las cucharadas de aceite de hígado de bacalao con yodo tánico o emulsión de Scott. Nadie quería que sus hijos estuvieran delgados porque eso era mala propaganda para la casa.

Los comentarios de los vecinos eran algo como esto: Oye, viste que flaco esta el hijo de Domitila, parece que esta gente están pasando una caninaaaaa, que no la brinca un chivo y otras cosas por el estilo.

Entonces los padres de uno, al enterarse de esos chismes, te hacían comerte el plato de comida hasta el fondo (tuvieras hambre o no), tenías que dejar el plato limpito, además, nos hacían tomar malta con leche condensada arriba de la comida y de merienda te hacían arroz con leche, natilla o boniatillo. La cosa era que había que embutirte, para no tener el estigma de tener un flaco en la familia.

Hoy es al revés.

Estar gordo es como si fueras un anatema, un maldecido. Te quieren cobrar por dos asientos cuando viajas en avión y yo me pregunto ¿A los flacos le cobran más barato el pasaje, por no ocupar todo el asiento? Eso es discriminación.

La gente no disfruta lo que se come. Parecen matemáticos contando calorías. Los ves en los supermercados cargando hasta lupas para leer las listas que le ponen a los envases. O si vas a un restaurante, los puedes ver comiendo hierba como los chivos o en un McDonald's, disparándose una hamburguesa, pero con refrescos de dieta. ¡Hipócritas!

Antes comías de todo, y después hacías una sobre mesa para que te bajara la hartera. Ahora, quieres que después de comer te pongas a quemar calorías caminando, corriendo o haciendo aeróbicos. Para mí eso es tortura china y veo a los gimnasios como cámaras de horror, similares a las usadas en época de la Inquisición.

No es problema de raza, los gordos somos multirraciales. Los hay blancos, negros, latinos y hasta los chinos cuando se empatan de frente con la jama, también engordan.

Seamos honestos, levanten la mano, los que cambian un plato de masas de puerco o chicharrones, por un plato de brócolis al vapor o, lo más sencillo, un plato de arroz blanco con dos huevos fritos y platanitos maduros también fritos, por unas habichuelas hervidas con papas.

No sean bobos, que ni ustedes mismos se lo creen.

Por eso al declararme Gordo Oficial. Dispongo que:

No acepto se me llame gordo, sino persona preparada con reservas alimenticias, para caso de crisis.

Los que intenten compararme con cualquier habitante del genero animal, los mandare para la cesta del vigía en el palo mayor de las carabelas de Cristóbal Colón. Síííí, a ese lugar que todos se imaginan.

Y por último (aunque no es obligatorio el orden a seguir) los que osen hacer chistecitos con mi peso, el tamaño de mi ropa o la talla de mi cintura. Los mandaré en un viaje sin retorno, a visitar a la progenitora de sus días, o sea, a la madre que lo parió.

Me retiro diciendo el viejo lema que no por viejo deja de ser de mi agrado.

La gordura es hermosura y la flaquencia es indecencia.

INCONDICIONAL

Cuentan que un poeta escribió un poema a su perro que había muerto recién. Siendo objeto de la crítica de muchos (siempre hay quienes están listos a la crítica, hagas lo que hagas) por malgastar su talento escribiendo sobre un animal.

Cansado de oír recriminaciones, un día aprovechando que había un grupo de personas a su alrededor dijo:

Puede la mujer que ha estado a tu lado por muchos años pelear contigo, si olvidas una fecha de algún aniversario. Mi perro nunca me atacó, aún cuando en ocasiones, sin darme cuenta, envuelto en los apuros de la vida, pude haberle pisado una pata y hacerle daño.

Pueden los hijos ocupados en sus quehaceres y ante las responsabilidades que toman como retos, pasar por tu lado, sin darse cuenta que estas ocupando un espacio en el mundo. Para mi perro su cosmos era mi persona y no existía nadie más importante que yo. Toda su atención estaba concentrada en mis movimientos, mi voz y en mi mirada.

Hay quienes usan la amistad, para solamente demandar favores y beneficios de ella. Mi perro aunque no tuviera comida que darle, se contentaba con pasar su lengua por mis manos vacías, llenándolas con sus caricias.

Algunos tratan de poner tropiezos para hacerte caer y tratan de limitar el alcance de tu camino. Mi perro siempre iba delante, guiándome por la senda más segura, avisándome de los obstáculos. Poniendo en riesgo su seguridad, para salvaguardar la mía.

Compartimos sentimientos. Si yo reía el saltaba de alegría, si yo estaba triste, apoyaba su cabeza sobre mis piernas, para decirme con su gesto; no te preocupes, yo estoy a tu lado.

¿Saben ustedes como se llamaba mi perro?

Su nombre era AMIGO.

INOCENCIA INFANTIL

La preocupación sobre el futuro de nuestras hijas, era centro de las conversaciones entre mi esposa y yo.

Ya la mayor estaba en preescolar y sabíamos que su expediente escolar, aquel que acompaña a todo estudiante en Cuba durante toda la vida, le abriría o cerraría puertas para la oportunidad de estudiar. La palabra "religiosos" estaría en su primera página, siendo religioso para las autoridades escolares, cualquier niño que la familia profesara una fe declarada o fuera miembro activo de cualquier denominación cristiana.

En nuestro barrio, todos sabían que estábamos definidos en cuanto a nuestra posición política. La cual en muchas ocasiones nos llevo a pagar el precio de no doblar la cerviz, como cuando fui enviado a las UMAP (Unidades Militares de Ayuda a la Producción) los humillantes campos de trabajos forzados de Camagüey y arrastrar la constante vigilancia ejercida por los comités de defensa de la Revolución en todas las actividades de nuestra vida.

En el momento que suceden los acontecimientos de la Embajada del Perú yo me encontraba sin trabajar, me habían dejado excedente. Con muchas posibilidades de ser enviado a trabajar a las minas de níquel en el otro extremo del país o a cortar caña, esa eran las halagüeñas perspectivas que tenía frente a mí.

Todo cambió en cuestión de horas, de un día para otro, en esa casa de locos que se había convertido nuestro país, se vislumbro una oportunidad por donde la esperanza de abandonar la incertidumbre era posible. Abrieron la salida por el puerto del Mariel.

Primero como un rumor propagado por "Radio Bemba". Después confirmado en un discurso del propio Jefe de Estado, se autorizaba a los cubanos residentes en el extranjero a buscar familiares en Cuba y llevárselos con ellos.

Llegó la hora. Lo que por tanto tiempo ansiamos era ya una realidad. Nos íbamos de nuestro país a buscar nuevos horizontes y sobre todo a disfrutar de esa grata sensación que significa, sentirse libre.

Transcurrieron veintiún días desde que mi hermana dejara la comodidad de su casa en Miami, hasta el momento que logró realizar el sueño que la – motivó a hacer la travesía que la llevó a Cuba, logrando nuestra salida como familiares.

Miami, el nombre de esa ciudad sonaba en nuestros oídos, como pudo resonar al pueblo Hebreo, "La tierra prometida". Sabía que no fluía leche y miel, pero simbolizaba libertad, desarrollo y esperanza; palabras que también habían tomado el camino del exilio, desapareciendo de Cuba.

El puerto del Mariel se convirtió de pronto el lugar donde fueron a recalar los más disímiles medios de navegación, que nuestros familiares pudieron encontrar. Yates lujosos, camaroneros, desde embarcaciones de cien pies de eslora, hasta pequeños botes que nadie creía pudieran atravesar el estrecho de la Florida.

La espera y la tensión dominaban nuestro hogar, haciendo presa no solo a los adultos, sino también a nuestras pequeñas niñas de seis y tres años, que estaban sumamente alteradas.

El desasosiego ante la posibilidad de un mitin de repudio (turbas preparadas por el Gobierno) o una agresión por parte de elementos ajenos a nuestro vecindario nos preocupaba, sabiendo que movilizaban grupos en camiones, llevándolos de barrios en barrios con ese propósito.

Estábamos seguros de que nuestros vecinos no se prestarían a eso, pues éramos queridos en nuestra cuadra, donde habíamos vivido desde muy jóvenes y sembrado esa convivencia que convierte al vecino más cercano en el mejor hermano. Muestra de eso fue la expresión de quien ocupaba la vivienda contigua a la nuestra, la negra Ita, quien dijo: Aunque me cueste el carnet del Partido, a Mama (apodo cariñoso con que todos llamaban a mi madre) y a su familia nadie les tira un huevo.

Por fin una madrugada fuimos despertados por un uniformado verde olivo que venía con la lista de nuestros cuatro nombres, dividiendo el núcleo familiar, al dejar fuera de ella a mis padres.

Dura fue la separación, pero no era momento de dudas. Cargamos nuestras niñas y echando mano a una bolsa ya preparada que contenía unas latas de leche y algunas galletas, ocupamos el asiento trasero de un pequeño carro ruso.

Esa madrugada le eché la última mirada a nuestro barrio, el reparto Mañana, con la ilusión de un mejor mañana para nosotros y sobre todo para nuestras hijas.

Llegamos al Círculo Social Abreu Fontán, en la playa de Marianao, donde habían improvisado oficinas del Departamento de inmigración. Allí nos mantuvieron por horas esperando los trámites. Suerte nuestra bolsa de reserva por la que pudimos comer algo. Al parecer a nadie se le había ocurrido alimentar a la "escoria" (elementos indeseables, catalogados como lo peor de la sociedad) mientras duraba la gestión.

Llegada la tarde escuchamos nuestros nombres ser solicitados por un teniente, quien después de conformar un grupo como de treinta personas nos guió hacia el exterior de la edificación, para trasladarnos hacia otro lugar.

Grande fue nuestra sorpresa al encontrarnos un ómnibus de transporte público cuyos colores habían desaparecido bajo una capa amarilla de huevos lanzados por las "divinas turbas". Llevando algunas ventanillas las marcas de pedradas en sus vidrios.

Al abordar, nuestra hija mayor con la inocencia de su corta edad, quiso ocupar el asiento que daba a la ventanilla. Cambiándola de asiento le dije: es peligroso, te pueden golpear con un huevo. Acto seguido ocupé ese puesto tratando con mi cuerpo darle protección, lo cual también hizo mi esposa en el asiento a continuación con nuestra otra niña.

En el trayecto hasta la playa El Mosquito, cerca del poblado de Mariel, en varias ocasiones sentimos el impacto de huevos y piedras que hacían blanco del vehículo en que viajábamos. Los grupos que tenían esa misión de despedirnos con esas "muestras afectuosas" estaban apostados en los cruces de las calles, donde los ómnibus tenían que aminorar la velocidad para doblar. Todo tan fríamente calculado que tal pareciera un cuento de horror, pero, resulto ser una terrible realidad.

Era El Mosquito un campamento improvisado, de tiendas de campañas, colocadas sobre las rocas del litoral, lo que comúnmente conocemos por dientes de perros. Llenos de guardias, con perros y patas de camas en sus manos usados como garrotes, quienes mantenían separados en distintos sectores con alambres de púas, los grupos a los cuales ellos clasificaban por familiares, presos políticos, presos comunes, locos y escoria de la calle.

Con mucha suerte al segundo día de estar a la intemperie pudimos ocupar la parte baja de una litera dentro de una de las tiendas, que resultaba ser un horno bajo los rayos del sol, pero por lo menos mi esposa y las niñas estaban guarecidas de la lluvia, que en distintas oportunidades nos visitó.

Mi posición era estar parado o sentado arriba de las piedras, cerca de un alto parlante colocado en un poste, por donde llamaban, usando el nombre de los botes, a los que iban a ser embarcados. Las quemaduras producidas por el sol inclemente en mi frente, demoraron más de un mes en curarse.

Nuestro aspecto se fue deteriorando con el pasar de los días, se sabía quiénes eran los recién llegados y los que llevaban más tiempo por lo sucio de la ropa y su aspecto físico. Se acabaron las reservas y tuvimos que comer de aquello que nos daban, revoltillo de huevo con cáscaras inclusive y arroz casi crudo.

Nuestras hijas enfermaron del estómago, la falta de aseo personal y la espera, hicieron mella en nuestra resistencia. Mi esposa lloraba cada vez que entraba a la tienda para saber cómo estaban.

–Aguanta –le decía–, este es el precio de la libertad.

Por fin escuché el nombre de nuestra embarcación El Bien Amado, tras una semana de espera. Corriendo busqué mi familia y salimos raudos a presentarnos en la tienda que fungía como oficina, ubicándonos en otro ómnibus con las mismas características que el anterior, el distintivo color amarillo de los huevos lanzados. Allí se repitió con mi hija mayor la situación de la ventanilla.

–No, mi vida, te pueden golpear con un huevo o con una piedra –le dije.

Desde El Mosquito al puerto pesquero del Mariel. No sin antes recibir los consabidos gritos ofensivos y la descarga de huevos y piedras al entrar en el pueblo, como despedida a esa atmósfera cargada de odio que estábamos dejando atrás.

Mezclaron nuestro grupo en estas proporciones: familiares 33%, presos políticos 33%, locos y presos comunes, junto a los que ellos consideraban lacra social, el resto.

Nuestro bote tenía 24 pies de eslora y embarcaron a 21 personas. Al salir a mar abierto, el agua llegaba a sólo pocas pulgadas de la borda. Las mujeres y los niños ocuparon el pequeño camarote, el cual al poco tiempo llegó a estar impregnado con olor a vómito.

Al llegar a la corriente del Golfo, no tuvieron que avisarnos, el agua de color azul verdosa se transformo súbitamente en azul oscuro y las olas de cuatro pies se convirtieron en ocho. En medio de ese camino azul, comenzamos a ver unas aletas que nos acompañaban al lado de la embarcación.

TIBURONES. Fue la aterradora palabra que ocupó las mentes del grupo, sin decir nada, pero gritándolo en nuestras miradas. Ese temor se disipó en un suspiro de alivio, cuando el grupo de delfines dueños de esas aletas, comenzaron a saltar fuera del agua siguiendo la estela de espuma que dejaba sobre la superficie del mar nuestra embarcación

Nos quedamos sin gasolina a quince millas de las costas de Key West, siendo ayudados por otra embarcación que nos lanzó un cabo, el cual a las pocas millas también se partió. Viniendo en nuestro auxilio, una lancha de la Aduana Americana que amablemente su tripulación, después de esta odisea, nos llevó a tierra.

Si algo me impresionó a nuestro arribo; fue ver a los "Marines" norteamericanos, aquellos quienes por tanto tiempo la propaganda había convertido en nuestros enemigos, sosteniendo en brazos a niños, ancianos y toda persona imposibilitada de valerse por sí misma.

La imagen de mi hija menor llevada con urgencia hasta la posta médica atendida por galenos cubanos exilados que ofrecían sus servicios como voluntarios, para ser curada de sus vómitos, era la antítesis de lo dejado atrás. Después de todo tuvimos suerte que fuera solo mareo, pues allí supimos que en barcos que nos precedieron, atestados de gente, hubo personas que murieron intoxicadas por monóxido de carbono causado por fugas en el escape de los motores, otros que nunca llegarían al hundirse sus embarcaciones y pagar el máximo precio en busca de libertad.

Los trámites que resultaron ligeros en comparación con todo lo antes vivido. Atención médica a mi esposa y niñas, también alguna ropa limpia. Una comida nutritiva después de días de abstinencia. Cosa curiosa, había muchachos y niños rechazando manzanas y peras que le ofrecían, desconocían que eran frutas, las cuales nunca tuvieron oportunidad de disfrutar en nuestro país.

Reencuentro con nuestros familiares, los cuales vivieron pendientes a las noticias durante el periodo de tiempo desde que mi hermana salió hasta nuestro arribo, esperando que nuestra embarcación llegara y no corriera la suerte de las que terminaron su viaje en el fondo del océano.

El viaje de Key West a Hialeah fue casi sin ver nada, pues el agotamiento era total, hasta poder disfrutar de un baño y del sueño reparador en casa de nuestra hermana.

Al día siguiente ya algo recuperados, procedimos a quemar la ropa con que habíamos hecho el viaje, como si con eso pudiéramos también desaparecer la pesadilla vivida. Misión imposible, esa nos persigue todavía.

Al segundo día de estancia con nuestros familiares, mi hermana nos invitó al supermercado, para lo cual teníamos que desplazarnos en su carro. Cuando ocupamos los asientos, ella nos dice:

–Quiten las manos de la ventanilla, tengo que subirlas, para echar a funcionar el aire acondicionado.

Los ojos azules de mi hija se querían salir de órbitas, cuando al escuchar la palabra ventanilla, me preguntó con marcada inocencia.

–Papi ¿aquí también tiran huevos?

LA DIVA

Hace años la famosa soprano Irina Stlevalova contratada para interpretar la ópera Tosca del compositor italiano Giacomo Puccini, en una compañía operática de renombre, llegó con su potente voz y sus dotes dramáticas, pero olvidó cargar en su equipaje algo tan importante como son la simpatía y la modestia.

Las artes representan un mundo competitivo y en extremo exigente para toda persona que quiera incursionar en algunas de sus ramas. El artista asume un reto, no con otros que se dedican a la misma manifestación artística, sino consigo; tratando de ser original y superando todo trabajo logrado. Nadie más exigente con su ego que un talentoso profesional del arte.

Alguien dijo: "La envidia es el homenaje que le rinde la mediocridad al talento, el cual es regalo de Dios. Los genios no pierden su tiempo copiando, simplemente crean".

En música, específicamente el canto, las voces pueden parecerse, pero al igual que las huellas digitales, cada voz es un instrumento único, aunque existe el "timbre familiar" que nos hace confundir los sonidos fonéticos de los distintos miembros del mismo grupo familiar.

El titulo DIVA, era en la antigüedad asignado a aquellas damas poseedoras de voces y talentos actorales que se destacaban sobre las otras artistas del arte lirico, siendo privilegio de pocas ser designadas con ese honor. Hoy día hemos caído en el abuso asignándole ese nombre a cualquiera que da cuatro gritos, enseña un poco de su desnudes y brinca cual simio en un escenario.

Nuestra soprano en cuestión creyéndose "Prima Donna" se atribuía la potestad de humillar a los compañeros que conformaban el elenco de la obra y al personal de soporte, en fin, que resultó un martirio para todos los involucrados en esa producción, su presencia en el conjunto.

En un espectáculo tan completo como es la Opera hay muchas personas que no reciben aplausos en el escenario, siendo una parte esencial para poder presentar al público algo único, que al bajar el telón después del último acto, haga poner en pie a todos los espectadores en un arrebato emotivo para ofrecer una cerrada ovación.

No tengo que decir que Irina, se granjeo la antipatía de tirios y troyanos, desde los cantantes, el director de la orquesta y hasta el mismísimo portero del teatro, cansados de tanta impertinencia pedían su cabeza puesta en un plato.

La ópera Tosca demanda no solo una impecable interpretación vocal de sus ejecutantes; también la soprano dramática (spinto) tiene que mostrar una voz poderosa (redonda), llena de esa carga emocional que hace vivir a todos los asistentes la pasión reflejada en su actuación. Puccini era un maestro que a sus personajes femeninos los llevaba al extremo del dramatismo, La Boheme, Madame Butterfly, Manon Lescaut, Turandot por mencionar algunas de sus obras más conocidas, son muestras de lo que exigía a sus intérpretes y el personaje Tosca no era la excepción.

La noche del estreno todo transcurría como el director de escena lo había preparado. La soprano tenía a la audiencia pendiente de cada uno de sus registros vocales y sus movimientos al desplazarse en el escenario. Era una diva que sabía hacer su trabajo, por eso había sido contratada para diez presentaciones.

El tercer acto, el clímax de la obra, cuando Tosca comprueba la muerte de su amado Cavaradossi y los soldados vienen a detenerla por la muerte del malvado Scarpia, ella decide lanzarse por sobre las murallas de la fortaleza para suicidarse.

Siempre hay colchones de aire ocultos tras bambalinas, esperando recibir el cuerpo de la sacrificada dama, pero en esta ocasión los colchones brillaron por su ausencia. No se sabe si por descuido o intencionalmente, dando por resultado que el cuerpo de la Diva golpeó contra el duro suelo, fracturándose una pierna.

El ser una persona talentosa no da el derecho de menospreciar a quienes no tienen ese privilegio, por el contrario, la humildad debe ser el principal adorno de los superdotados. No existe enemigo pequeño, sobre todo si hay personas que manifiestan su antipatía de la manera menos convencional al ver herido su amor propio.

En el final saludo estaban los artistas recibiendo aplausos y gritos de bravo, sólo estaba ausente Irina Stlevanova, que se vio forzada a hacer mutis por el foro (salió de escena por el fondo del escenario), llevada por una ambulancia al hospital más cercano.

Como el espectáculo debe seguir, no importa las condiciones; para la próxima función buscaron una soprano sustituta que no tenía la calidad interpretativa de la diva, pero poseedora de un carisma y simpatía que devolvió la sonrisa a todos los que componían la producción de Tosca.

LA MIRADA

No sería yo el primero que haya tenido esa extraña sensación, al cruzar una mirada y pensar que has visto esos ojos anteriormente. No recuerdas dónde, ni cuándo, pero apostarías hasta quedar con los bolsillos vacios, que los conoces.

La cara de Claribel no me resultaba familiar, además alguien con ese nombre no hubiera pasado inadvertida; pues me hacia recordar un personaje de las tiras cómicas que resultaba ser una vaca, lo cual no creo le hiciera ninguna gracia la similitud.

Sin embargo, el brillo de esos ojos verdes, lo plácido de su mirar, resultó ser un poderoso imán del que no podía despegar mi atención. Por eso busqué el más banal pretexto para acercarme a ella y entablar una grata conversación.

Después de hablar del tiempo y los correspondientes diálogos inquisitivos sobre el grado de amistad o parentesco con los dueños del hogar donde coincidimos, me presenté como un asistente no invitado, o mejor dicho, un colado; lo que hizo que su rostro se iluminara con una agradable sonrisa y sus ojos se encogieran sin perder ni un ápice de picardía y belleza.

Durante la conversación tuve, en distintas ocasiones, que desviar mi persistente mirada, de las esmeraldas que adornaban su faz al sentir la hacían sentir incomoda.

Disimuladamente, tratando de no ser muy inquisitivo, coloqué varias preguntas sobre su lugar de origen o los centros estudiantiles a los que asistió, buscando descubrir el ¿Por qué? Esa atracción a determinada parte de su cuerpo.

Como mujer, resultaba ser agradable, sin llegar a considerarla despampanante, pero el faro de su deslumbrante personalidad se encontraba a ambos lados de su nariz, en dos estuches de largas pestañas y enmarcados en delineadas cejas.

Mientras el tiempo pasaba, mi certeza iba en aumento. No, no me eran ajenos. Pero ¿En qué momento y cómo habían coincidido nuestras miradas? Ella sin ser tonta y ante lo insolente de mi persistencia, me preguntó:

–¿Te gustan mis ojos?

Quedé atrapado en la pregunta, como a quien descubren desnudo en casa ajena. Diciéndome a continuación:

–Son un regalo.

Queriendo salir del atolladero, al cual me había hecho caer mi imprudencia, dije en tono que intentó ser jocoso:

–Desde luego, regalo de tus padres.

–No, regalo de una desconocida que donó sus corneas, estando en su lecho de muerte. Al decir esta frase; dos lagrimas salidas desde un profundo manantial de sentimientos, corrieron por sus mejillas. Una enfermedad congénita me dejó ciega, y alguien, a quien Dios llamó antes de tiempo, quiso hacerme un regalo de amor, la vista.

Mi llanto rompió cual tormenta de verano, y mis hombros temblaban al descubrir donde había visto esa mirada. En el rostro de Claribel refulgían los ojos de quien fue mi hermana Silvia.

LA SOLEDAD DEL MAR

Esperé, entre el tupido monte costanero, donde el mangle y la llana, entre la arena fangosa comparten ese terreno en propiedad con los cangrejos y los enjambres de mosquitos ávidos de sangre.

Fueron muchas las horas que llevé esperando a que la noche fuera más oscura. Sabido es, como dice el viejo refrán: "Nunca es más oscura la noche, que cuando va a despuntar el alba".

Muchas horas que pasé sin comer, mi estómago y tripas dejaban saber su disgusto por estar vacíos, a través de ruidos y retortijones; pues aunque poseía algo de alimento (galletas envueltas en bolsas de plásticos y dos latas de leche condensada, junto a dos galones de agua) los quería conservar para la travesía.

No es por gusto que me lancé en esta aventura, al intentar hacer el viaje que realizó Cristóbal Colón, hace más de 500 años. Solo que mí viaje era en sentido inverso y no en carabelas, sino en unos neumáticos llenos de aire y atados entre sí, cubiertos por sacos de yute, además la distancia es mucho más corta. Solo noventa millas náuticas. La motivación es la misma que ha impulsado a muchos: el amor. El amor a una palabra: libertad.

Muchos pensarán que es una locura intentarlo solo, pero como dice el refrán: "Más vale estar solo, que mal acompañado", y no se puede confiar ni en la misma sombra de uno, por miedo a que delataran mi plan.

Cuando llegó la hora hora, solo se veía en la oscuridad, las agujas fosforescentes del reloj marcando las tres y cuarto de la madrugada en un día cualquiera (qué importa el día, solo importa el hecho). A lo lejos podía ver la estela blanca dejada por la lancha patrullera. Eso me mostró que era hora y que debía alejarme de la costa lo más rápido posible, sabiendo que le tomaba dos horas hacer el recorrido hasta llegar al final de su ruta y virar.

Me acerqué al agua sin hacer ruido, para no alertar las patrullas terrestres, que atentas a cualquier fuga, están dispuestas a mostrar su habilidad de "gatillos alegres", disparando sus fusiles automáticos a todo movimiento sospechoso, hasta agotar sus cargadores. Moví los neumáticos hasta el mar, comprobando que flotaban bien y amarré las provisiones y el agua, con cordeles que tenia habilitados para el caso. Coloqué sobre la improvisada balsa unos remos caseros, confeccionados con dos palos redondeados, a los cuales amarré unas tablas aseguradas con puntillas y alambre fuertemente entizado. Además dos ramas fuertes que me sirvieron con mi camisa de mangas largas de vela cuando el viento me fue favorable ya alejado bastante de la costa. Como precaución contra los *tiburcios* (tiburones) eché mano de un cuchillo viejo, esos de hoja larga y ancha, los que conocemos comúnmente por el nombre de "mata vacas", entizado también con alambre a una estaca gruesa y resistente, por si llegado el caso tuviera que utilizarlo como arpón.

También traía como precaución unos anzuelos enganchados en un corcho y un sedal, por si me hubiera visto en la necesidad imperiosa, de tener que alimentarme de la pesca, Se me olvidaba lo más importante, mi tesoro, una brújula o compás que amarré a mi cuello con un cordón de zapatos (primero me desnucaba antes que perder la brújula). Personas con conocimientos de navegación a los que pregunté como por azar, para no levantar sospechas, me habían dicho que eran treinta y tres grados rumbo noroeste, para arribar a mi meta.

Me despojé de las botas que me protegieron los pies cuando caminé por sobre los arrecifes, pero que ya dentro del agua, me resultaban un estorbo para nadar y avanzar lo más rápido que pude, empujando la rústica embarcación.

Los pantalones cortados a mitad de muslos, no me protegieron contra las picaduras de los mosquitos ni los arañazos de las ramas en la costa, pero comenzaron a prestar una gran ayuda, dejando mis piernas libres cuando me desplazaba sobre el agua, con la velocidad necesaria para ganarle la partida a la lancha patrullera y alejarme de su recorrido de retorno.

Fue tanto el esfuerzo que hice nadando y a la vez empujando las cámaras infladas, que tuve necesidad de detenerme para recuperar el aliento y expulsar el agua salada que al nadar penetraba en mi boca y mi nariz. No soy el hombre anfibio sino, solamente un simple mortal, que haciendo un esfuerzo sobrehumano, trató de ganarle tiempo, al tiempo.

Después de nadar por más de tres horas, en la cual la corriente costera me ayudó a alejarme y mirar como pasaba por detrás de mí, la embarcación guarda costa, sin que se dieran cuenta de mi presencia en el agua, entonces si pude respirar más acompasado y subirme a la balsa para tomar un respiro, el cual no podía ser muy largo, pues la claridad del día ya pujaba por dejarse mostrar y me hacía muy visible sobre el mar.

Eché mano a esa inyección de adrenalina, que en los momentos de apuros nadie sabe de dónde sale, tomé los improvisados remos colocándolos en los lazos preparados para ello, y comencé a alejarme remando con impulso febril, tan fuertemente que en un momento temí se partieran los improvisados remos. No quería ser otro de los que al ser descubierto le bombardearan su débil embarcación con sacos de arena desde un helicóptero con el fin de hundirla. No deseaba ser una estadística más, de balsas que nunca llegaron.

Tan ocupado estaba, que se me olvido colocarme en la cabeza, una gorra para protegerme del sol, que traía en el bolsillo trasero de mi pantalón, pero el sol me la recordó cuando empezó a quemarme con sus rayos en la nuca, diciéndome también que era hora de tomar algo de agua. Tenía miedo hacer mal uso de ella y terminar como algunos, que después de tomarse sus orines, terminaron ingiriendo agua salada y murieron en agonías terribles.

Hay siempre un polizón que se sube a nuestra balsa sin ser invitado, y en ocasiones se convierte en capitán de ellas, es el miedo. Compañero indeseable que deja sentir su presencia no solicitada, aun antes de planear esta odisea.

Ya como a las doce del día (lo supe no por mirar el reloj, que se había empañado con la humedad y el salitre, dejando de funcionar, sino porque el sol caía perpendicularmente sobre mí), pensé que era hora de rectificar el rumbo con la brújula y comprobar que estaba en la dirección correcta.

Habiendo salido de una isla extremadamente larga, las corrientes marinas les ha gastado a algunos, la pesada broma de retornarlos, sin haberse dado cuenta y cuando estaban celebrando su arribo al punto deseado, resultando ser que lo terminaron de celebrar en la misma cárcel de donde salieron. Gracias a Dios yo estaba en el rumbo correcto.

Hasta este momento el oleaje había sido moderado y como soy de un pueblo de pescadores y marineros, poseía algo de resistencia al mareo, ya lo había comprobado anteriormente al navegar en otras embarcaciones, así que decidí comerme alguna de las galletas que llevaba conmigo, sabiendo serian las primeras que se echarían a perder, si no estaban bien cerradas, además por una razón elemental. Estaba muerto del hambre y tenía que reponer algo de las fuerzas desgastadas al comenzar la aventura.

Pude darme el lujo de ir dejando de ver en lontananza, el verdor de la tierra en que nací, hasta que el color azul del agua, cubrió el punto más alto que mi vista pudo observar. Haciendo piruetas, pude pararme en la balsa con riesgo de caerme al agua, hasta que decidí volverme a sentar y retener en mis ojos la última imagen observada. Brotaron lágrimas y no me da pena reconocer que no fueron provocadas por el salitre, ni el agua salada, sino por algo más terrible que comencé a sentir desde ese mismo momento, un mal muy común llamado añoranza, que después de ese día nunca me ha abandonado.

Hubo un momento en que las olas que estaban a cuatro pies de altura comenzaron a ganar tamaño y el azul verdoso de las aguas cambiaron de tono, tornándose en color azul oscuro, que hicieron de mi frágil embarcación un simple barquillo de papel, haciéndome devolver parte de las galletas ingeridas. Nadie tuvo que decirme, que había entrado en la corriente del golfo. Ella se sabe anunciar por sí sola.

El ocaso en el mar manifestaba los colores más bellos. Desde el rojo escarlata, el naranja, el amarillo brillante, hasta el matiz del orín, en la acuarela del creador. Creo, no dejo ningún color guardado, para ese atardecer que contemplé en el mar ese día. Pero pasado esa inigualable belleza, llegó la terrible oscuridad, a nada comparada.

Si hay un sentimiento en el cual, el más valiente se siente indefenso y apocado, es frente a la soledad de las tinieblas en el mar, es una oscuridad absoluta, rota en ocasiones por lo blanco de la espumas de las olas, que se encrespan momentáneamente, para después dejarnos sumidos en un aislamiento que nunca habíamos conocido. Es el momento cuando Dios nos hace ver, cuan insignificante somos ante la majestad de su creación y apelamos a eso que es ilógico, porque es la certeza de lo que se espera, convicción de lo que no se ve es, simplemente, fe.

En ese momento aproveché para poner en orden toda mi relación con el hacedor, entonces vi salir las estrellas en medio de esa noche cerrada y comprendí, que en la más oscura noche siempre hay luz, ya sea físicamente o espiritualmente...

Preparé una vela usando la tela de mi camisa como lona para aprovechar los vientos que soplaban, aunque eran más las ganas de cubrirme con ella, que de usarla para avanzar, pues entre la humedad, el viento y la debilidad, sentía un frió que calaba los huesos, a pesar que mi piel estaba caliente y ampollada del sol que me había castigado durante todo el día.

Sentí unos golpes bajo mi balsa y noté que uno de los neumáticos había perdido aire, tomé el improvisado arpón en mis deshechas manos, no sin antes sentir que mi piel se erizaba toda. Traté de adivinar entre la oscuridad y me percaté de unas aletas que sobresalen alrededor de mi maltrecha balsa.

La mente del ser humano siempre se dirige hacia lo peor, pensé aterrado, tiburones, "me llegó la hora"; en ese momento empezaron las aletas a saltar y a brincar por los aires. Eran juguetones delfines, que no se apartaron de mí en toda la noche. ¡Qué alivio! Para celebrarlo abrí una de las latas de leche y tomé un largo trago. Necesitaba recuperar fuerzas, pues no sabía cómo habría de ser el día de mañana. De algo si estaba seguro, sabía que llegaría.

Así acompañado por los delfines, caí en un sopor debido al agotamiento y solo me percate que era de día cuando sentí sol calentándome la piel. Observé de nuevo mi compás, y me di cuenta que había alejado mi rumbo hacia el este, acabé con la lata de leche y comí otra de las galletas, la que estaba casi deshecha, acompañándola de un largo trago de agua.

Como había dejado mi camisa como vela, al parecer también hacia la función de banderola, con colores rojo y amarillo, para mi fortuna los aviones de la organización Hermanos al Rescate (grupo de pilotos voluntarios, dedicados a rescatar personas perdidas en el mar) desde la altura en que estaban volando, pudieron divisar mi balsa y le pasaron las coordenadas a los guarda costas del país al cual quería llegar, siendo recogido por ellos en menos de tres horas; mis delfines aéreos no me dejaron solo en ningún momento, hasta que fui sacado del mar. Pasado un tiempo pude agradecerles personalmente su ayuda desinteresada a esos pilotos. Alguno de los que me rescataron, fueron derribados por aviones de combate, cuando humanitariamente se encontraban en otra de sus misiones salvadoras.

Fue una aventura que cambio mi vida, pero si lo tuviera que repetir lo volvería a hacer, porque en ese viaje encontré tres cosas: Gentes desinteresadas que sacrificaron hasta su propia vida por servir a otros; la libertad anhelada, la cual no tiene precio; pero, por sobre todas esas cosas, entre las tinieblas de una noche en el mar, me encontré con Dios.

LECCIÓN

Vivir cerca o dentro de un área protegida para la conservación de la vida salvaje tiene sus riesgos, y uno de ellos es quedar expuestos al ataque de animales a los que hemos quitado su zona de residencia. Ellos llegaron aquí primero, así que tienen derecho de antigüedad, si hay algún intruso ese título nos corresponde.

Como oficial de la Comisión para la Conservación de Flora y Fauna del estado de La Florida fui avisado del ataque de un oso a una persona que paseaba sus perros, en una zona donde los osos negros han incrementado su población en los últimos años, después de haber quedados reducidos casi a la extinción.

Según el departamento de la Policía en ese Condado, la persona no había provocado al animal, es más, tomó las medidas recomendadas avisando con ruidos su presencia antes de comenzar la caminata, cosa que generalmente ahuyenta a las bestias, que prefieren mantenerse alejadas de los humanos, a un encuentro donde en la mayoría de las ocasiones, ellos los animales, son los más perjudicados al terminar siendo cazados.

Era una mujer la víctima del ataque, presentaba heridas en su cara, cuello y brazos y se encontraba estable, siendo mi deber tomarle declaración en el hospital, si los médicos lo permitían.

Con toda la información que pude recabar, me presenté ante la dama a fin de esclarecer los hechos y tomar las medidas pertinentes. Ya se habían puesto trampas en las zonas adyacentes al lugar del ataque para atrapar al agresor.

–Señora Watson –dije.

–Soy el oficial Morgan.

Al extenderle mi mano para saludarla, quedé frustrado, al no recibir el mismo gesto en respuesta, además no me percaté del vendaje que cubría la mano de ella y le pedí disculpas.

Frente a mí la mujer víctima del oso. Con más de cincuenta años, pelo claro, ojos azules, robusta. Su cara profundamente marcada, con suturas que hacían más fuerte su expresión ruda y huraña.

-Estamos haciendo lo posible para identificar al animal que la atacó. Le dije para informarle que no estábamos de brazos cruzados. Ella con voz irónica me respondió:

–Quizás para mí llegan tarde las medidas que están tomando. Yo salí a pasear tranquilamente mis perros y mire como he terminado, llena de mordidas y zarpazos de un animal loco y enfurecido, que casi me mata, bien harían en eliminarlo –enfatizando–, ¡es una amenaza pública!

–Comprendo su sentir y una de las misiones de nuestro departamento es lograr la coexistencia entre la fauna y los humanos, sin que resulte peligrosa para ninguna de las dos partes. Si pudiera contestar algunas preguntas que debo hacerle, se lo agradecería.

Sin perder tiempo, no di oportunidad que se negara al interrogatorio y le solté a quemarropa:

–¿Hizo usted algo que pudiera provocar al oso?

Airada me respondió:

–Nada, no hice nada, solo alcé los brazos para aparentar ser más alta que él y que se asustara, al principio lo logré, pero en lugar de huir me atacó.

Dándome la espalda, la señora Watson, con voz que era casi un susurro me conminó a salir de la habitación.

–Estoy muy cansada, le ruego me deje sola, no pierda su tiempo conmigo y dedíquese a atrapar ese endiablado oso.

No me dejó otra alternativa que marcharme, haciendo mi labor más difícil, sin haber llenado muchas de las interrogantes con que nos enfrentamos en casos similares donde se ven envueltos animales salvajes, a los que naturalmente no podemos interrogar.

Pasada una semana en nuestras trampas habían caído dos osos machos adultos y una hembra con sus tres crías; a los cuales se les tomó muestras de sangre y se enviaron a laboratorio junto a muestras tomadas en las mordidas del cuerpo de la víctima, para analizar el ADN y dar con el culpable.

Obtenido el resultado, tuve a regañadientes que hacerle otra visita a la señora Watson, en esta ocasión a su casa. Deseaba que esa comisión estuviera delegada en otra persona, pero el expediente estaba en mis manos, no había opción, aunque nuestro primer encuentro no había sido nada grato, yo tenía que realizar mi trabajo.

Toqué a la puerta, mi presencia ya la habían anunciado los perros de la casa con sus ladridos. Sin darme tiempo a decir buenas tardes la señora Watson, abrió la puerta y reconociéndome preguntó:

–¿Ya encontraron al oso que me atacó? ¿Ya lo mataron?

–Buenas tardes, veo que me reconoce. Soy el oficial Morgan encargado de su caso y le traigo noticias.

¿Me permite pasar a su casa o quiere que le de la información aquí en el portal?

Al parecer el tono de mi voz, la expresión de mi rostro o el ser portador de noticias que motivaron su curiosidad, hicieron que la dama con un gesto me invitara a entrar en su hogar.

Con su mano me mostró un sofá a la vez que ella se sentaba en un reclinable y los perros se echaban a sus pies.

–Dígame qué ha sucedido. Me soltó al acomodarse, sin darme tiempo a escoger donde me sentaría.

Tomé asiento y comencé a hablar tomándome tiempo, ahora yo era quien tenía la información que a ella le interesaba saber y quizás para darme importancia, por la forma en que me había tratado, alargué mis frases:

–Veo que usted quiere mucho a sus perros.

–Son mi única familia, respondió. Los saco a pasear todas las tardes. El día del incidente, ellos estaban conmigo.

–Seguro, señora Watson, que los carga y los abraza a menudo.

–Claro, le dije que son mi familia. Todo mi amor es para ellos.

Le pregunté:

–¿Cree usted que sus perros provocaran el ataque del oso?

Su mirada parecía cuchillos cuando me contestó:

–¿Cómo puede decir eso? Si mis perros son mansos y hasta cobardes, cuando el oso me atacó ellos huyeron, de lo que yo me alegro, prefiero me mordiera a mí, no a mis mascotas.

–A usted no la atacó un oso, fue una osa. ¿Sabía que los osos tienen el olfato veinticinco veces más desarrollado que los perros y son capaces de percibir olores que aún los sabuesos no captan?

–¿Qué tienen que ver mis perros con el oso? No me vaya a decir que la osa estaba celosa conmigo porque soy mujer. ¿Es una agresión por ser hembra?

–No se ofenda, pero la osa olfateó perros en su ropa y cuerpo, al levantar las manos y aumentar su tamaño, su instinto la llevó a enfrentarse lo que creía un perro enorme, y ese perro era usted. Si ella hubiera estado sola habría escapado, pero tenía tres crías por las cuales velar y para defenderlas se enfrentó al peligro que las amenazaba.

–De los tres osos que capturamos, dos eran machos adultos y se les puso a "dormir", pues podían resultar agresivos al comenzar la época de celo y al pelear por territorios se vuelven peligrosos. La osa, al agredirla, me imagino utilizarán el mismo método con ella.

–¡No! –Gritó mientras saltaba del asiento.

–¡No pueden matar a la osa! –Volvió a gritar la señora Watson, toda descompuesta se dejó caer en el reclinable, echándose a llorar.

Quedé perplejo, no esperaba esta reacción de quien solo unas semanas antes pedía muerte para el animal que puso en peligro su vida. Ahora ella intercedía para salvar a su agresora.

Traté de encontrar palabras:

–No se ponga así. ¿Por qué no quiere que la maten, si está verificado por las pruebas de ADN que fue ella quien la atacó?

–No pueden matarla, no pueden matarla. Nadie puede comprenderme, no pueden matarla.

Esperé que se calmara, pero entre sollozos repetía:

–No pueden matarla.

Pasado un corto rato me miró y pude ver su rostro. Ya no era la mujer de gesto duro que con aspereza conversó conmigo en el hospital, ni la que me recibió casi forzada esa tarde.

–No me pueden comprender, nadie me puede comprender repitió con suave voz. Yo no tengo familia porque de niña supe del abandono. Mi mamá fue una madre soltera y al no saber qué hacer conmigo, en lugar de afrontar las consecuencias, determinó dejarme a una vecina, la cual me llevó a un hogar para niños desamparados.

–No sabe como envidio a esos oseznos, como hubiera querido que mi madre se convirtiera en esa osa y me hubiera defendido contra todos los peligros, afrontando las consecuencias.

–¿Cómo puedo permitir que maten a quien siendo animal sabe proteger sus hijos y da ejemplo a los que nos decimos humanos?

–¡NO, mil veces no!

Me aparté de ella, dejándola verter sus sentimientos en llanto. ¿Cuántos años de frustración y abandono explotaron como consecuencia de un ejemplo que es normal en la naturaleza?

En mi diario trabajar siempre me pregunto. ¿Quiénes son más salvajes, los animales o los humanos?

Tomé el celular, hice una corta llamada y cuando terminé me dirigí a la señora Watson:

Cálmese, la osa será llevada a un zoológico, no la sacrificarán atendiendo su solicitud y las crías de tan buena madre serán mantenidas con ella hasta que tengan edad de ser dejadas libres.

El amor de una madre siempre es algo para tomarse en cuenta.

LOS LEONES HAMBRIENTOS

"¡Llegó el circo, llegó el circo!", era la noticia que sacaba de su monotonía al pueblo, alterando nuestra apacible forma de vivir.

La caravana de camiones cargando los postes y las lonas que darían forma a la carpa, las casas móviles que servían como habitación y camerino a los artistas; al frente el carro pintado de colores llamativos con dos enormes bocinas sobre el techo, anunciando las atracciones que ofrecía este año.

Para la muchachada que corríamos a ambos lados de la hilera de vehículos no había nada más impresionante que las fieras. Cuatro leonas y un león, a los cuales se les podían contar las costillas, llevados en jaulas tiradas por camiones, y la atracción especial, dos hienas, que según el anunciador podían moler con sus poderosas fauces hasta los huesos de un elefante, las que fueron traídas de Suazilandia. Nadie sabía donde quedaba eso, pero a nuestro entender era un poco más lejos que el cantío de un gallo.

También se anunciaba a Tomasa, *la Mulata de Fuego*, como la figura femenina que animaría el sainete con que siempre finalizaba la función.

No tengo que decir cuánto entusiasmo había. La combinación perfecta, vacaciones de verano en nuestra escuela y circo. Es decir tiempo disponible para vagabundear alrededor de los artistas y empleados, descubriendo cosas que nunca en nuestra corta edad habíamos imaginado.

Al final del pueblo había un terreno baldío, que según los políticos de esa época, estaba destinado a la construcción de un parque, pero por falta de fondos públicos no se había podido hacer. Ese era el lugar idóneo para establecer el circo.

Observando cómo ponían manos al rudo esfuerzo de levantar parales, desenrollar las telas y clavar las barras de hierro donde amarrarían las sogas.

A los niños nos llamó la atención un hombre gigantesco, un negro de cabeza rapada, con más de seis pies de estatura y enorme musculatura, manejando una mandarria con la que asestaba golpes a las estacas hasta hundirlas en el pedregoso terreno. Era la imagen de Tanganica, el personaje mitológico de los episodios radiales "Jackie, el Pecoso" que todos los días escuchábamos a continuación de "Los Tres Villalobos" mientras almorzábamos, apurados para volver a la escuela a la sesión vespertina.

Estábamos entretenidos, queriendo tener cuatro ojos para no perdernos nada de la actividad desplegada, cuando se nos acercó el hombre que habíamos visto dando órdenes mientras los demás trabajaban.

Dirigiéndose a Roberto, Pablo y a mí, quienes éramos los mayores del grupo:
–Muchachos. ¿Quieren entrar gratis al circo?

Eso era como decirle a un muerto, si quiere velorio. Los tres respondimos a unísono:

–Claro que sí.

–Eso no es tan fácil, continuó diciendo, si quieren pueden hacerlo, pero con condiciones.

Nos miramos unos a otros, ya recelosos. Sabría Dios que pensamientos moraban en la mente de ese hombre. Éramos de un pueblo de campo, pero no bobos.

–¿Ustedes vieron los leones y las hienas?

Pablo que siempre resultaba el más atrevido del grupo le respondió:

–No somos ciegos.

–Pues si me traen algunos gatos callejeros o perros sarnosos para yo poder alimentar a mis fieras, entrarán gratis.

Volvió a expresarse el lenguaje visual, conociéndonos como nos conocíamos, ya habíamos pasado recuento a cuanto gato y perro sabíamos de su existencia y que podían ayudarnos a entrar al circo.

Al otro día estábamos poniendo trampas en un potrero donde se comentaba habían avistado una manada de perros jíbaros, después de horas de espera pudimos atrapar a dos, lo difícil vino más tarde, al cambiarlos de la trampa a un cajón de madera sin que nos mordieran.

No queríamos echarle mano a los perros del vecindario para no formar revuelo y se nos acabara el negocio, por eso optamos por algo más trabajoso pero que pudiéramos pasar inadvertidos.

El rugido por hambre de los leones y la risa nerviosa de las hienas se escuchaba en las noches de un extremo a otro del pueblo. Hubo quien elevó sus voces de protesta ante el ruido, pero fueron ahogadas por los querían el entretenimiento, que era la inmensa mayoría.

Cuando llevábamos nuestra captura al circo fuimos testigos de una pelea.

Tanganica sostenía en el aire asido por el cuello a un hombre delgado, cuyos pies no tocaban el piso, mientras le gritaba:

–Esa mulata es para un hombre como yo, no para un palitroque como tú. No te equivoques, Tomasa es mi hembra.

Después lo lanzó al piso ante nuestra mirada y la risa burlona de otros empleados que también fueron testigos de la escena.

El pobre hombre, con trabajo, se puso en pie y mientras se retiraba gritó al gigante de ébano:

–Esto no se ha acabado aquí. Desapareciendo entre los camiones.

Cuando entregamos nuestra carga al dueño del circo nos preguntó si queríamos ver cómo alimentaban a las fieras, mientras ordenaba a dos empleados que se hicieran cargo de los perros. Ni los pobres animales, ni nosotros, estábamos preparados para lo que sucedió a continuación.

Uno de los empleados tomó el mayor de los perros y se dirigió a la jaula de los leones mientras el otro tomando el menor, hizo lo mismo, pero en dirección a la jaula de las hienas.

Lo que pasó después es algo que nunca podré olvidar, solamente diré que mis amigos y yo salimos corriendo y cuando pudimos parar a coger aire, comenzamos a temblar y nuestros estómagos devolvieron todo lo que tenían dentro.

No usamos el derecho de entrar al circo, lo que vimos nos motivó a mantenernos alejados de sus instalaciones y el rugido de los leones clamando por comida en la noche nos recordaba el dantesco espectáculo.

Pasados cuatro días, escuchamos a las personas mayores hablar sobre la desaparición de un miembro del circo. Tanganica, como nosotros lo apodamos.

Vencidos por la curiosidad, logramos dominar el miedo y volvimos a las instalaciones circenses.

Pablo logó sacarle a uno de los enanos la información. La Policía estaba investigando la desaparición, pero el dueño declaró a las autoridades que seguramente había vuelto a su pueblo natal, marchándose en secreto, después de sufrir el rechazo de Tomasa.

Pasadas veinticuatro horas, el circo recogió todos sus matules, desapareciendo por el mismo camino por donde había llegado y nunca más volvió al pueblo.

Han pasado muchos años y siempre me he preguntado:
¿Por qué la noche que desapareció Tanganica, los leones no rugieron?

MANDARRIA

Transitaba una noche oscura por el apartado camino que le regresa a su casa, después de un azaroso día de trabajo. Usando el termino día, por llamar de alguna forma el horario, que desde las tres de la tarde hasta la una y media de la madrugada demandaba toda su jornada laboral.

En esa ocasión, el trabajo había sido agotador, remover una pieza de cualquier equipo pesado no es nada fácil, dado a como su nombre lo califica, es pesado y difícil de manipular. Esa noche había sido de esas que nadie hubiese querido enfrentar, porque bueno es trabajar para justificar el salario, pero pasar trabajos para trabajar, eso es otra cosa bien distinta.

Los equipos mecánicos, como la misma vida del ser humano, necesitan revisiones y reparaciones que nos extiendan el uso, más allá de lo programado por quien diseño sus funciones. Cuando no se cumple con esas normas se pagan las consecuencias, y ese día el plato roto de "alguien" que no había lubricado correctamente las articulaciones de una de las palas mecánicas fue pagado por tres mecánicos de mantenimiento; de los cuales él era uno de ellos. Este era uno de los trabajos que cuando llegaban a sus manos le hacían preguntarse en su fuero interno ¿Por qué mi madre, me parió mecánico?

Ya en una ocasión un mal operador que muchas veces había roto su maquinaria se le reclamó, que la mala condición de su equipo era debido al uso inapropiado por su inexperiencia y falta de responsabilidad, respondió el individuo, tan fresco como la brisa que sopla por las playas: "Si no rompo la maquina entonces los mecánicos se morirían de hambre, cuando los despidieran por no ser necesarios".

Depositar nuestras faltas sobre las espaldas de otros resulta ser una inmoralidad tan común, que últimamente lo aceptamos como justificación válida. Las partículas de metal mezcladas con los restos de grasa les hablaban de un desgaste inapropiado de la pieza en cuestión, que resultaba ser un eje de proporciones a tomar en cuenta, no muy tranquilamente; ocho pulgadas de diámetro y más de dos pies de largo. Generalmente para extraerlo se usan prensas hidráulicas, pero tuvieron la aciaga suerte, que la asignada en ese taller para esas labores, se había roto y las piezas para su reparación demoraban varios días en llegar desde la compañía distribuidora. Así que no les quedó más remedio que usar el arcaico y eficaz método de la mandarria.

No sé cómo se le llamará en otras partes del globo terráqueo a esa herramienta (en inglés Sleged hammer) pero para los cubanos ese enorme martillo o maza metálica que puede pesar 15, 18, 20 o 25 libras y un cabo largo para hacerle el consabido balance, le llamamos de esa forma sencilla, pero con mucho respeto: mandarria.

No crean que cualquiera puede "dar" mandarria, eso es un arte. Requiere ese menester de habilidad, vista y una extrema fortaleza física. Teniendo en cuenta que generalmente otra persona sujeta en sus manos la barra o botador que descansa un extremo sobre la pieza que se quiere remover y el otro extremo que será el que reciba el impacto del golpe demoledor.

Pueden imaginarse las consecuencias que el mínimo error acarrea. No son pocos testimonios de manos y brazos partidos o cercenados. Es algo sumamente peligroso, pero que por común de su uso le quitamos la seriedad que debiera tener.

Usar espejuelos de protección, guantes y mandiles de cuero, pues al chocar acero con acero, generalmente saltan partículas que como meteoritos, nadie puede precisar la velocidad que se desplazan, ni el lugar exacto donde van hacer contacto en el universo y es requisito por las leyes de seguridad ser usadas en estas funciones.

Todavía nuestro hombre cargaba en el cuerpo fragmentos, que al no encontrar mejores lugares donde golpear, decidieron alojarse dentro de sus carnes, pudiendo considerarse afortunado, porque los métodos de protección resultan en extremo engorrosos. Los espejuelos se empañan por el sudor que brota a raudales de la frente, los guantes no puede usarlos el que golpea, porque se le resbalaría de las manos el mango de la herramienta, siendo imposible agarrar de forma segura.

Por el mandil ni pregunten, que resulta más bien un estorbo que la utilidad que brinda, muchas veces se enrolla entre la mandarria , el hierro y ese sayón, que llega a cubrir inapropiadamente, el lugar donde con precisión se debe descargar el golpe.

Pararse con las piernas abiertas repartiendo el peso entre los dos pies, estar seguro que no hay ningún objeto que obstruccione el recorrido del mazo, sujetar firmemente con la mano izquierda la parte más alejada del acerado cabezal, mientras que la mano derecha sólo servirá como control y vehículo impulsor al balancearse doblando la cintura, levantar los brazos por arriba de la cabeza tomando impulso, logrando el atinado y certero golpe sobre ese preciso lugar, donde la mirada no ha dejado de estar fija ni por un segundo.

Narrarlo resulta difícil, hacerlo resulta peor, aunque con la secuencia y la velocidad que se logra parece fácil, bastan unos pocos golpes para que la respiración del ejecutante se agite de forma desenfrenada y los músculos pidan a gritos un descanso, solo los muy hábiles y fuertes logran mantener ese ritmo más de cinco minutos seguidos. Después de ese tiempo todos los poros dejan salir el sudor a raudales y a pesar de haberse detenido el movimiento, siguen expeliendo todas las reservas liquidas del organismo, empapando las ropas; resultando la transpiración tan violenta que en días de verano, urge tomar pastillas de sal y mucha agua para no caer desfallecidos ante tal esfuerzo.

Ese había sido su trabajo esa noche, pero se dio por satisfecho al lograr su objetivo, cuando tras mucho esfuerzo pudieron remover el desgastado eje, después de siete horas continuas de batallar, rotando las posiciones entre los tres, pero siendo nuestro hombre quien tenía más habilidad con la mandarria, no tengo que decir quién llevo por más tiempo el titulo de machacador, por eso estaba molido cuando se sentó ante el timón del auto y se dirigió hacia su hogar.

Ya por las vacías calles al tropezar con la luz roja de un semáforo, hubo de detenerse, el cansancio hizo garra de su cuerpo y los ojos comenzaron a cerrarse, mientras esperaba el cambio de señal. Súbitamente, el ruido de un auto con un frenar brusco, le hiso despertar de su somnolencia. El carro en cuestión estaba mal cuidado y la pintura no tenía un aspecto agradable, pero si mal cariz tenía el vehículo, peor lo tenían sus ocupantes.

La puerta del pasajero se abrió rápidamente y un individuo comenzó a dejarse ver, mostrando esa mirada torva con que van acompañadas las malas intenciones. Ni tardo ni perezoso a nuestro ingenioso amigo, se le ocurrió abrir la gaveta porta guantes del carro, haciendo la finta de buscar un arma (aunque no llevaba ni siquiera una cuchilla de afeitar a su alcance).

Estaría medio dormido, pero no tanto para ser tonto. Más tardó en hacer ese movimiento, que el individuo del otro carro en retroceder, al observar la luz que proyectaba el interior del pequeño baúl. Penetró raudo al interior del vehículo y todavía con la puerta entreabierta, sin respetar la luz que se mantenía en rojo, se lanzaron hacia delante, haciendo sonar las gomas en una carrera desenfrenada.

Vino a su mente un pasaje bíblico que había aprendido de niño "El ángel de Dios, acampa alrededor de los que le temen y los defiende".

Esa noche con el agotamiento físico y lo exhausta de su energía se sentía que hasta un niño hubiera podido desvalijarlo. En verdad, eso no es tan seguro, pues en los casos de apuro, la adrenalina entra al torrente sanguíneo y permite realizar proezas nunca imaginadas.

Llegó a su casa, donde ya todos estaban dormidos. Urgía de un baño reparador, donde la regadera de la ducha dejase correr el agua y ayudada por el jabón, se llevara la mugre, el sudor y el cansancio por el tragante de desagüe.

Encendió la luz del cuarto de baño, cerró la puerta tratando de no hacer ruido para no despertar a su familia, se desvistió y mientras lo hacía miró hacia una revista dejada sobre el tanque de agua del inodoro. La tomó en sus callosas manos, la hojeó y vio un titulo que le llamó la atención "Héroes en los campos de batalla".

Quizás mañana tendría tiempo de leerlo, pensó. Mientras que en esos momentos, a sus ojos les costaba trabajo permanecer abiertos. Ya desnudo penetró en la ducha.

Después vendría el dormir reparador con que recuperaría la energía usada. Teniendo problemas para conciliar el sueño, su mente divagaba, programando la labor del día venidero, hasta que fue vencido por ese, lo que se pudiera llamar un día normal de trabajo. Siendo lo último que recordó antes de dormirse, la frase que se había fijado en su mente. "Héroes en los campos de batalla".

MULATA

Era locura lo que despertaba esa mujer cuando salía a la calle. No había ojo que no se fuera tras ese remeneo de su cintura. No tenía anchas caderas ¡Pero qué forma de moverlas! Ella era, como generalmente llamamos en los países del Caribe, el mejor invento español, después de la alpargata, "la mulata".

Nadie sabía cuando había llegado a La Habana. Como ella misma se decía, era el calor de Oriente hecho un fenómeno color cartucho (Al referirse a su piel color canela clara). De ojos achinados y pelo lacio, mostraba esa mezcla rara, que en amalgama de chino, negro y blanco, hacen una especie única; con rasgos de sus orígenes, pero sin predominar alguno sobre los otros. Con una sonrisa que era llave para abrir las puertas de la simpatía a todos los que disfrutaban de su trato.

En toda la Habana Vieja se hablaba de su fama, y no faltaba un baile formal o una rumba de cajón improvisada, donde no estuviera ella, con esa sandunga que derrochaba cuando se desplazaba moviéndose al compás de cualquier ritmo, de tal forma, que le hacían coro todos los que tuvieran el privilegio de estar a su alrededor.

Todos la conocían simplemente por el nombre de Cacha y sabían que residía en un solar que había sido la antigua casa señorial de unos marqueses en época colonial; hoy convertida en cuartería, ubicada por la calle Teniente Rey, donde moraba con su familia, quienes la habían traído de la parte más al este de la isla. En un solo cuarto vivían como nueve personas, y llegaban a decir las malas lenguas, que cuando era hora de dormir, hasta la tabla de planchar se convertía en cama.

Tenía a todos los hombres del vecindario que se les caía la baba por ella, pero ninguno podía alardear que la había conquistado. Bailar, sí, bailaba con todos, pero nadie sabía que hubiera estado involucrada en ningún romance con alguien, y por el contrario, cuando bailaba algún bolero o danzón, bailes en que resultaba normal a las parejas se aprovecharan para mantener los cuerpos bien unidos, usando esa oportunidad de "restregarse". Ella generalmente mantenía una distancia prudente, no dando ningún chance a que se le arrimaran mucho. Algo que de ella querer, hubiera resultado fácil, pues aparte de tener las caderas estrechas, tenía el balcón superior de su cuerpo (los senos), algo pequeños, cosa que nadie le daba importancia, porque con su bella cara, sus extremados movimientos y la gracia marcadamente femenina que derrochaba, compensaba esas "deficiencias", tan importantes para el gusto del hombre cubano, amante de los grandes glúteos, las anchas caderas y el desborde de unas "tetas grandes" en reducidos escotes.

Transcurridos varios meses de su estrepitosa carrera como buena bailadora y persona agradable al trato, en extremo delicada y siempre bien arreglada. Haciéndose respetar de todos los que en muchas ocasiones, le habían hecho las más variadas proposiciones, tanto honestas como deshonestas, siendo todas rechazadas, muchas de ellas enmarcadas con un acompañamiento de cinco dedos marcados en la cara del atrevido, después de una estruendosa bofetada.

Alguna gente del barrio, aquellos que tenían el delicioso entretenimiento del chisme, llegaron hasta comentar ante sus constantes rechazos, " si no sería del otro bando" , a lo que la mayoría de las personas entendían que eran rumores infundados, echados a correr por todos aquellos rechazados, víctimas de la frustración que los carcomía, al no lograr su cometido.

Todo se desenvolvía normalmente de fiestas en fiestas, esperando cada cual los fines de semanas, para "ir a echar un pie", deleitarnos con la música y disfrutar de quien desde su arribo a la urbe capitalina era el centro de casi todos los bailes, la mulata Cacha.

Bajo esas circunstancias, llegó al barrio un negro llamado Pedro, que era marinero mercante y había estado ausente viajando por todo el mundo, sirviendo mucho tiempo en distintos barcos de la flota comercial.

No hubo que esperar nada más al próximo fin de semana, cuando en la calle Zulueta se dio una fiesta de cumpleaños, celebrada en honor de una negrita flaca, cabeza de clavo, de canillitas como palillos de dientes, llamada Estelvina, la cual cumplía quince; para que se encontraran ambos, Pedro y Cacha.

Llegó Pedro al onomástico, vestido con ropas que no estaban al alcance del cubano de a pie. Es decir a ese, que con su exiguo sueldo no puede comprar ropas extranjeras. El escandaloso olor de un perfume llamado Tulipán Negro, hacia virar las cabezas a todos los que sentían su olor, atraídos por esa fragancia desconocida para los asistentes a la fiesta, quienes acostumbrados a los olores rancios del sudor a guagua llena y la falta de jabón; se embriagaban al influjo de ese aroma arrobador.

Tenía también dos dientes de oro, que en esa naturaleza de alta estatura y piel tan negra, relucían al reflejo de cualquier mínima luz, como si fueran la farola del Morro, alumbrando en medio de la oscura noche; en todo momento que abría su boca para reírse o hablar.

Ese individuo se creía "la última Coca Cola en el desierto". Haciendo su entrada con una arrogancia, más ancha que el portón empotrado a entrada de la casa.

Llegar ese negro, ver a Cacha y quedar boquiabierto, fue una misma cosa, empujando a quien estaba bailando con ella, sin siquiera pedirle permiso, causó un conato de bronca. Suerte que la mayoría de los asistentes que estaban ahí, venían para pasar un buen rato e intercedieron entre los antagonistas, aplacando la situación, tomando en cuenta las manifestaciones de algunos que lo conocían, quienes decían: "Caballero, piensen que este hombre lleva mucho tiempo navegando, sin ver mujeres".

Pedro, nada más comenzó a bailar con Cacha; con prepotencia y movimientos bruscos, la atrajo hacia él fundiéndose a ella, igual que se agarra un pulpo a su presa. Los que conocíamos la forma de ser y el carácter de la susodicha bailadora, esperábamos su reacción y oír sonar una soberana cachetada en cualquier momento, poniéndole un acorde discordante al ritmo de la música.

Lo que sucedió a continuación nos dejo a todos perplejos. Pedro tomando impulso le asestó una trompada a la cara de Cacha, haciéndola caer dando vueltas por el piso.

Cuando logramos aguantarlo e inmovilizarlo solamente gritaba: "TE VOY A MATAR...".

Nosotros, impactados por el hecho, no salíamos de nuestro asombro, no pudiendo entender que estaba sucediendo. ¿Qué podía haber desatado tanta violencia en este individuo? Algunos hasta se preguntaban si estaría loco.

Mientras los hombres sujetábamos al negro, el cual no dejaba de vociferar, las mujeres fueron solícitas hacia Cacha, quien por su cara rota no dejaba de sangrar. Para sorpresa de las socorristas, se encontraron en el piso con dos pares de calcetines enrollados que se habían caído de los sostenes de la mulata.

Consternación general, se había destapado la caja de Pandora. Lo que motivó la agresión de Pedro contra Cacha, fue que al tratar de propasarse con ella y poner la mano en su entre piernas, se encontró lo inesperado, pues Cacha resultó ser Cacho, un travestís que engañó a todo el barrio por varios meses.

No podíamos salir del asombro, pues en una sociedad tan extremadamente machista como la nuestra, no estábamos preparados para aceptar lo sucedido, y mucho menos lo que vino a continuación. Pedro, que era abakuá (rama yoruba del sincretismo afrocubano que rinde culto al machismo) escapando en el forcejeo de quienes lo teníamos sujeto, sacó una navaja, de esas que se abren con un resorte. Al percatarnos del brillo que reflejó el instrumento perforo cortante en su mano, todos retrocedimos; veníamos a bailar, no a que nos sacaran el mondongo de un tajo.

Raudo, llegó a quien hasta ese momento conocíamos por Cacha y comenzó apuñalearlo gritando con cada uno de sus golpes mortales: "Maricón, yo soy un hombre y los hombres se respetan".

Ante tamaño escándalo, un carro patrulla de la policía que afortunadamente pasaba cerca del lugar, se detuvo frente a la casa y percatándose los agentes del orden lo que estaba sucediendo, sacaron sus armas y conminaron a Pedro que se detuviera; pero la furia de su hombría ofendida lo hizo no escuchar la orden, al contrario, mientras más fuerte le gritaban que se detuviera, más golpes asestaba sobre aquél ya inerme cuerpo.

Sonaron dos disparos, como el cañonazo de las nueve y su eco. Cayendo Pedro abatido sobre su víctima, como si un rayo lo hubiera fulminado, quedando ambos cuerpos más estrechamente unidos por el abrazo de la muerte, que antes, cuando los juntaba la música y el deseo.

El cuadro no podía ser más desolador, el olor fuerte del perfume se mezcló con el olor mucho más fuerte de la sangre que corría como río por el piso. Nuestras ropas domingueras estaban salpicadas de rojo, en contraste con nuestras caras que estaban lívidas, blancas como papel.

Fuimos abandonando la sala a medida que recuperamos el habla y color de la piel. Nuestros pies que antes se movían al compás de un dulce bolero, ahora se arrastraban agobiados por el peso de la tragedia. Preguntándonos unos a otros. ¿Por qué pasó esto, caballero?

La respuesta a nuestra pregunta estaba claramente contestada sobre las lozas del piso en una sala de la Habana Vieja. Un baile que esperábamos sería un jolgorio, se convirtió, por la mentira y el machismo, en una oscura noche de tristeza y sangre.

OBSESIÓN

Roberto, eterno enamorado de los bellos paisajes, era visitante asiduo de ese recodo rocoso donde se escondía una pequeña playa de arenas finas y aguas azules cristalinas. Su hora favorita resultaba ser el atardecer, donde el mar aparenta quemarse en los últimos resplandores del sol. Contemplaba la playa en éxtasis meditativo, como culto al ocaso, sin importar nada de lo que pasara a su lado. Hasta un día...

Esa tarde una mujer se bañaba plácidamente en la que atrevidamente él llamaba "mi playa". Los gráciles movimientos atrajeron su atención, sacándolo de su claustro mental. Era hermosa, de cabellos cortos que caían húmedos sobre su frente y hombros; ojos azules, quizás demasiado grandes dentro de una agradable cara con facciones poco común, sin dejar de ser bella. Tan ensimismado estaba observando el rostro de la dama, que el paisaje pasó a un segundo plano. Colofón a su sorpresa fue el momento que ella elevó su torso por sobre las aguas y mostraba, como se dice en ingles "topless", su pecho desnudo. ¡Qué pechos!

No recordaba haber visto nada tan maravilloso como los senos que estaban ante su vista; ni en los cuadros de los grandes maestros del pincel, ni en las famosas esculturas que había tenido oportunidad de contemplar en las múltiples visitas hechas a museos.

Eran dos apéndices color blanco nacarado que sobresalían de su tórax; firmes como pudieran ser dos puños y más o menos su mismo tamaño, bordeados por pequeñas aureolas de un rosado intenso que remataban la turgente cúspide, de los admirados promontorios.

La dama, al darse cuenta de su presencia se sumergió rápidamente y desapareció en dirección al mar abierto, bordeando la costa.

Pasaron semanas en que las noches fueron interrumpidas por continuas pesadillas, en sueños volvía a reproducirse el rostro de la mujer y sus pechos.

Todas las tardes regresaba al lugar tratando de reencontrarla, era obsesivo. Lo achacaba a que su madre lo había amamantado hasta casi los tres años de edad, pero también un pensamiento anidaba en el subconsciente. Si los pechos, que resultan ser el balcón a la calle, son así. ¿Cómo será todo el decorado de esa mansión?

Llegó a merodear la playa en distintos horarios, no solamente el atardecer fue su compañero, también en ocasiones, el amanecer lo sorprendió dibujando su sombra al quedarse dormido en la arena acompañando la luna, más todo resultaba infructuoso.

Finalmente su persistencia coronó el éxito. Al escalar una duna en la arena, se percató que una silueta estaba tomando el sol en la playa, era ella. Esta vez no solo contempló su cara y sus senos. Pudo ver todo su cuerpo.

Del torso hacia abajo, una enorme cola de pez terminada en una aleta muy grande que chapoteaba el agua de la orilla. ¡Era una sirena!

Su frustración solo la recogió una frase dicha como murmullo casi inaudible:

"Qué me pase esto a mí, que soy alérgico al pescado".

ODIO

Otra vez, sin tomar en cuenta que no había descansado lo suficiente, me despertaba. Recordándome, que debía apurarme si quería llegar a tiempo a mi trabajo. Ya no lo soportaba más, cada mañana, al verlo, me invadía ese sentimiento de odio contra él, sin que lo pudiera evitar, era algo que no estaba bajo mi control.

Desde que entró en mi vida, no había hecho nada más que determinar hasta el mínimo momento de ella y eso tiene un límite. Era un dictador, inflexible no permitía variantes, inexorablemente indicaba en qué momento tenían que hacerse cada cosa y eso me sacaba de mis casillas. Tenía que hacerlo desaparecer. Pero. ¿Cómo lo haría?

Sabía que algunos se iban a oponer a mis deseos alegando cuanto nos había ayudado cuando lo necesitamos. A mí no me importaba que me endilgaran el título de "ingrato", pues consideraba que ya había cumplido su rol histórico y por su impertinencia tenía que desaparecer. Todo sería bien planificado, coincidiendo varias condiciones, para de una vez por todas, mi odio hacia él pudiera manifestarse, de forma que nadie me interrumpiera en llevar a cabo mi venganza. El odio cierra nuestro entendimiento a las cosas buenas, haciéndonos olvidar favores y servicios

Hablo de venganza, porque cuando se acumula ese odio día tras día no hay otra forma de saciarse, que haciendo desaparecer quien lo motiva. Cada noche antes de dormirme mis últimos pensamientos eran para él, y también en mis sueños se me presentaba como pesadilla irresistible, sabiendo seria lo primero que mis ojos tendrían a su alcance la próxima mañana.

¡Estaba bueno ya! Había que ponerle punto final a esa situación.

Use como excusa su condición de viejo, cuando lo fui separando poco a poco del lugar tan cercano que siempre había ocupado junto a mí. Todo fríamente calculado para que cuando llegara el final acto, nadie lo echara de menos.

El odio nos hacer ser creativos acomodando la maldad, por eso esperé al día después de mi retiro laboral, tomando en cuenta que después de ese día se vería limitado a determinar, cómo dispondría mis actividades de ahora en adelante.

Aprovechando que no había nadie en casa, tratando que no hubiera testigos, le asesté un fuerte golpe con mi mano, descargando en ese impulso todo el rencor acumulado en los años en que me hizo un pelele de sus órdenes, haciéndolo caer y rodar por el piso.

No sé, si sería el golpe del puño guiado por mi frustración acumulada o su caída al piso, pero dejo de mostrar sus signos vitales y sus brazos que siempre había sido muestra de cómo guiar nuestras actividades, permanecieron quietos .

No podía disfrutar tanta alegría y reí al verlo inerme sobre el piso, ahora podía hacer lo que me viniera en ganas, sin escuchar su insistente y monótono recordatorio. Dándole de patadas, lo saqué de la habitación, y con ayuda de mis manos lo llevé al patio, donde tenía preparado un garrote. Lo puse en el piso de concreto, y guiado por mi odio, procedí a descargar golpes contra él, hasta convertirlo en el despojo de quien había sido hasta ese momento: un tirano.

Por primera vez en muchos años me sentí un hombre libre, sin presiones y sin tener que estar mirándolo, sabiendo que tenía domino absoluto de las horas que me tocaran vivir en el futuro. Traté de no dejar rastros, eché sus restos en una bolsa de plástico, subí al carro y traté de ocultarlo en el baúl sin que nadie notara mi acción; después los hice desaparecer en un amplio tanque de basura lejos de mi casa. No quería se percataran cual había sido su final. Tristemente en la tarde al regresar mi esposa, comprendí que no hay crimen perfecto. Al entrar en nuestra habitación matrimonial lo primero que hizo fue notar su ausencia.

Quedé al descubierto sin saber lo que responder cuando ella preguntó: "¿Qué hiciste con el reloj despertador?"

¿QUÉ HORA ES?

Para Jorge esa era la pregunta de rigor. ¿Qué hora es?

Siempre hay una regla general, pero toda regla tiene sus excepciones y Jorge lo era.

Los que venimos de raíces donde el idioma castellano nos arrulla con su cadenciosa tonada, tenemos la fama bien ganada de llegar tarde donde quiera que debamos de ir. La impuntualidad parece ser alguna condición congénita, como si fuera una tara, pero eso no pasaba con Jorge.

–Ana, apúrate que vamos a llegar tarde.

–Pero si faltan tres horas para que comience todo. ¿Por qué tanto apuro?

–Para ustedes las mujeres siempre hay tiempo. Pero tú no has contado con el tráfico. ¿Es que acaso no sabes cómo se pone el Palmetto a esta hora? Parece que tú no vives en esta ciudad. Refiriéndose a la autopista que atraviesa la ciudad de Miami de norte a sur.

A Jorge, le exasperaba sentirse presionado por el reloj e inconscientemente, las consecuencias de su inconformidad a la actitud de su esposa, las pagaba el pedal del acelerador, quien era aplastado hasta hacer que el vehículo que manejaba, sobrepasara la velocidad permitida por los límites de la ley. "Prefiero esperar a que me esperen", era su lema, ya desgastado por los años de uso, pero que nunca habían hecho efecto en Ana, quien con su paciencia continuaba alisándose el pelo con el cepillo.

–Yo no sé como ustedes las mujeres tienen tanta paciencia. ¡Y todavía faltan las tres manos de pintura que te das en los ojos, los cachetes y los labios! –Decía Jorge con voz, que si no se manifestaba en un grito, era porque su devoción a la puntualidad no sobrepasaba al amor y el respeto que sentía por su esposa–. Parece como si lo hicieras adrede, para sacarme de quicio.

–Jorge, no en balde las niñas, sin que tú lo sepas, te llaman: "Caga fuego" –dijo Ana acompañada de una sonrisa picara, mientras se colocaba un par de zarcillos en los lóbulos de sus orejas.

El apodo, que no era desconocido para Jorge, era el apelativo que sus dos hijas repetían a sus espaldas cuando eran apremiadas por su padre, al tener que hacer algo y demorarse en realizarlo.

–Yo llevo listo casi más de media hora y todavía a ti te falta rellenar la cartera con toda la sobrecarga que echan en ella las mujeres. ¡Todavía se quejan que tiene deformaciones en la columna vertebral! No hay estibador de los muelles que cargue a sus espaldas tanto peso, como el que acarrean las mujeres durante toda su vida en las carteras. Parecen sombreros de magos. Poco falta para que saquen un conejo de ellas.

Parecía una controversia de los sexos, pero lejos estaba de serlo. Jorge estaba consciente que también hay hombres para los que el reloj es un artículo de lujo. Una prenda que según la marca, sirve para alardear del poder adquisitivo de quien lo usa, pero restándole importancia a las funciones indicativas del horario, el minutero y el secundario.

No era nada nuevo estos intercambios de puntos discordantes. Cada vez que salían de paseo, se hacia un ritual traer el tema a colación y después de más de treinta años de casados era como arar sobre el mar.

Hay cosas en el carácter individual de los componentes que conforman una pareja, que se aceptan y se manipulan de acuerdo al cariño que hayan sabido cultivar entre ambos. El que piense que puede hacer cambiar a alguien a su antojo, con los años transcurridos, tristemente se dará cuenta que cada cual es "Genio y figura, hasta la sepultura".

–Siéntate tranquilo hasta que acabe, ya me falta poco, estando revoloteando a mi alrededor como un moscón, no vas a lograr que termine antes. Ve cerrando las puertas, y deja las luces encendidas por si llegamos tarde –fueron las calmadas palabras de Ana.

Enfrascado estaba, cumpliendo las orientaciones que dijera su esposa, que Jorge no percató la presencia de Ana a su lado, hasta que el agradable olor a perfume que ella solía usar cuando salían, lo hiso poner sus ojos en una hermosa mujer, quien ya estaba ataviada y lista para ir al teatro. Abordaron el auto, no sin antes poner Jorge la última coletilla.

–Menos mal que se me ocurrió comprar los boletos el miércoles, así no tenemos que perder tiempo en la taquilla del teatro, haciendo cola y esperando por la santa paciencia de las empleadas.

–Tenemos tiempo, la función comienza a las tres de la tarde y es solamente la una y media. Llegar al teatro, por mucho tráfico que hubiera, no toma más de cuarenta minutos. Por suerte estoy acostumbrada a tu agonía con el horario y no me inmuto, hago las cosas a mi ritmo y puedes ver que termino, estoy lista para estar sentada a tu lado y en camino, con tiempo de sobra.

Jorge no daba su brazo a torcer, permaneciendo callado pero mirando de soslayo a su compañera de tantos años, quien después de aplicarse los cosmético; lucia radiante. Decirle algo, era darle base a justificar la alteración del horario, que él se había planificado para salir de la casa. Sabía que tenían tiempo, pero reconocerlo no estaba en sus planes.

–Cuando lleguemos al teatro, para ganar tiempo, te dejo en la puerta, vas haciendo la línea y cuando yo estacione el carro me apuro y estoy a tu lado cuando tengamos que entregar los boletos al ujier. Todo fríamente calculado.

–Sentarnos y esperar que abran el telón, relajados. No lo reconocerás, pero es mejor así, que llegar con la lengua afuera e interrumpiendo la función; como hacen siempre los inoportunos que se duermen en los laureles Me resisto a ser uno de ellos.

Para Ana ese estribillo era acompañamiento musical de cada salida, por eso, se alistó a cumplir con su parte del plan que él había trazado.

Al llegar, Jorge se sorprendió que dada la hora hubiera tan pocas personas a la entrada, pero no dijo nada y después de dejar a Ana, prosiguió hacia la parte posterior del edificio, donde estaba la zona de estacionamiento. Apuró su paso, como si cada minuto que ganara le fuera quitando peso a la espada que pendía sobre su cabeza, empuñada por Cronos el dios griego del tiempo.

Vio a su esposa en la parte exterior del teatro, no entendiendo el por qué no estaba en la línea, como habían acordado.

–Hay muy poca gente, cosa inusual para un espectáculo tan anunciado. Hay algo raro en todo esto. ¿Abran suspendido la función? –Sugirió Ana.

–Lo que sucede es que a todo el mundo se le hace tarde, por eso yo siempre estoy a mil. ¡No contaban con mi astucia¡ –Dijo Jorge, parafraseando a un personaje cómico, muy en boga en esa época.

Tomados del brazo se apuraron a entrar en el salón y al llegar ante la persona encargada de recoger los boletos. Jorge, sintiéndose como podía haberse sentido Alejandro el Magno, después de haber conquistado a Persia, con una sonrisa en su rostro, le extendió los pases de entrada al individuo.

El ujier tomando en sus manos los pequeños comprobantes, los miró fijamente como sin poderlo creer y dijo: Me parece que se apresuraron un poco, porque esas entradas son para la función que tendrá lugar en dos semanas.

Trágame tierra, pensó Jorge, al sentir la mirada acusatoria de Ana sobre su rostro.

Quizás cualquiera pensaría que esto fuera suficiente para que Jorge aprendiera la lección, craso error. Lo que sucede es que ahora cuando comienza con su mirar el reloj y preguntar. ¿Cuánto te falta? Ana solamente le pregunta a su vez:
¿Por qué? ¿Quieres llegar dos semanas antes también?

RETANDO LAS NUBES

No había niño que no esperara los vientos de cuaresma (vientos que corren entre los meses de marzo y abril) para correr a empinar sus papalotes, barriletes, cometas, chiringas, papaguapos, dependiendo del lugar y origen de quien lo nombre.

Lo original de este tiempo es que los preparativos comenzaban meses antes, pues el objetivo era construir nuestro papalote con los medios a nuestro alcance. Cuan orgullosos nos sentíamos cuando terminábamos nuestra obra de arte y la podíamos elevar al alto cielo, dependiendo la cantidad de hilo que pudiéramos conseguir.

Nos reuníamos un grupo de amigos con motivo de escaparnos de nuestras casas, hasta el río más cercano, en busca de las varillas de güines, (hierba alta que se da a las orillas de arroyos y ríos) para con ellas comenzar la elaboración de nuestros papalotes.

Era un ritual, mantener en secreto nuestras técnicas, la forma y colores que tendrían nuestras obras de arte (para nosotros no representaba un simple juego de niños: era un reto, que tomábamos con una seriedad no habitual en los niños de edad tan corta).

Después de varios días en que de la forma más recta poníamos a secar al sol nuestra cosecha, comenzaba el proceso de fabricación. Abriendo por la mitad longitudinalmente las varillas, cortando las secciones a la medida del tamaño que utilizaríamos (usualmente no mayores de dieciocho pulgadas, las dos más largas y una corta de doce). Creando una figura de X, cruzada transversalmente en su parte central por la sección más pequeña. En los extremos superiores hacíamos una pequeña ranura, atando la armazón con un hilo fuerte, que llamábamos hilo de Manila. Extendíamos sobre una mesa el papel de china (el cual habíamos combinado creando los colores que serían nuestro emblema), pegándolo con una goma elaborada a partir del almidón de yuca; cubriendo el hilo con el papel de forma que quedara bien estirado.

La parte más exigente del proceso comenzaba a partir de ese momento. El gobierno del papalote estaba a cargo de los frenillos, que consistían en unos hilos que partiendo de los extremos superiores coincidían con otro hilo que partía desde el centro (tenían que ser las medidas exactas pues de ello dependía la respuesta a nuestro comando).Uniendo los tres cabos a lo que sería el sedal que estaría en nuestras manos.

Luego venían los frenillos inferiores donde iría colgado el rabo. Este a su vez consistía en un hilo largo, al cual se le amarraban tiras de tela. En la parte más cercana al papalote serian menores los espacios entre las telas, los cuales se incrementarían a medida que se alejaban de la armazón.

Había dos formas de disfrutar de este juego. Una bien inocente que consistía en poner a volar nuestro papalote así mismo y la otra combativa y no tan exenta de peligros. Cuando al rabo de nuestro papalote en su parte extrema le poníamos cuchillas. Estas consistían en cuchillas de afeitar hechas pedazos que amarrábamos con un alambre, buscando que el filo quedara orientado hacia arriba y en distintas direcciones. El objetivo de estas armas, era llegar a cortar el sedal de gobierno de los otros papalotes y así dejarlos ir. Había una ley no escrita que decía: "Papalote a bolina no tiene dueño". Por eso resultaba peligroso el uso de las cuchillas, no porque pudiésemos cortarnos con ellas, sino que generalmente terminaba todo, relacionado con puños y golpes.

Ya fuera de una forma o de otra, el poder elevar al cielo una obra hecha por nuestro ingenio, es un sentimiento que convertía a un niño en el conquistador del espacio. Mover nuestros brazos hacia arriba y hacia abajo, haciendo que el papalote obedeciera nuestros deseos y ordenes, nos hacía sentir en dominio absoluto de los elementos; al usar el viento como instrumento de nuestra voluntad.

En esta época de adelantos y cibernética, donde pudieran participar de forma virtual de cualquier juego, siento lástima por esos niños de hoy, que han perdido eso, que hoy algunos llaman insulso, de crear simples juguetes con los pocos medios a nuestro alcance.

Disfrutar una infancia donde los juegos no daban la oportunidad de ser obesos y nos hacia compartir de forma colectiva emociones, que hoy se pierden entre cuatro paredes de una habitación.

Sentir en nuestras manos la tensión del hilo, que se incrementaba mientras más alto podía volar, es un sentimiento que a pesar de los años transcurridos no se olvida. No solamente trayendo recuerdos gratos a mi memoria, sino que todo aquel que pudo tener esa experiencia, se identifica con ella. Cuando dejamos de ser simplemente unos muchachos participantes en un juego infantil y nos convertirnos en retadores de las nubes con nuestros papalotes.

ROMPECABEZAS

Quedé frustrado ante mi ignorancia. Ese guajiro oriental me extendió el pedazo de papel arrancado de un sobre de correos, donde se podía leer el remitente en letras grandes escritas a lápiz: Obdulio Sánchez, calle Narciso López # 6, La Habana. Cuba.

Soy habanero de nacimiento, pero aprendí las direcciones de mi Habana cuando comencé a ejercer mis funciones como taxista en la empresa de autos de alquiler, hasta ese momento solo estaba relacionado con el nombre de las calles principales y para guiarme, partía desde puntos de referencias; tres cuadras a la derecha del Cine Payret, o directo frente a la terminal de ferrocarriles y dos cuadras a la izquierda, evitándonos tener que aprendernos las calles por nombres.

Después de dos años ejerciendo el oficio creía sabérmelas todas y ese simple pedazo de papel me impactó, sacándome del caracol de vana sapiencia donde me había refugiado. Dejando al individuo sentado dentro del carro, comencé averiguando diligentemente entre mis compañeros de trabajo si alguno de ellos sabía de esa calle, obteniendo una respuesta negativa, ellos estaban tan despistados como yo.

No queriendo demostrar al cliente mi desconocimiento, inventé la excusa que debía ir al baño con urgencia, para así ganar tiempo y esperar que llegara alguno de los choferes con más experiencia en nuestro giro y me orientara al respecto.

Cuando reconocí el rostro de Ignacio, supe venía llegando también mi tabla de salvación tan esperada, mi amigo había tenido tres cambios de dentición al volante de un taxi (los de leche, los perennes y la dentadura postiza). Más demoró su vehículo en detenerse, que yo en asaltarlo a través de la ventanilla, soltándole a quema ropa mi preocupación por la desconocida calle, respondiéndome con una sarcástica sonrisa y la corta frase:

–Tú la conoces.

Esa respuesta acabó de perderme en el laberinto en que se había convertido mi cerebro, por más que exprimía mi memoria, no podía encontrar la dichosa calle Narciso López.

–¿Conoces la Plaza de Armas?

–Desde luego que sí –respondí–: el parque frente al antiguo Palacio de los Capitanes Generales, donde ejercían el poder de la Corona española en la isla de Cuba y después al instaurarse la República llegó a ser la alcaldía de La Habana.

–¿Conoces el Templete?

--Claro, el lugar en que se dio la primera misa en la ciudad San Cristóbal de La Habana, donde todos los años el día que se celebra la fundación de la ciudad, se acostumbra a darle vueltas alrededor de la ceiba que está plantada frente al edificio. Frente a frente de la Plaza de Armas.

–¿Conoces la Avenida del Puerto y el muelle de Caballería, donde se toma la lanchita que va a Casablanca?

–Como no voy a conocerla, si mi padre nació en Casa Blanca y trabajó toda la vida en el puerto de La Habana. Está frente al Castillo de la Real Fuerza, donde su torre principal muestra como lugar cimero a la Giraldilla, la veleta que es símbolo de nuestra ciudad. Antes de ser taxista yo como mecánico reparaba las grúas que mueven las mercancías en ese puerto, no hay espigón de la bahía de Carenas (nombre que le dio el gran Almirante Cristóbal Colón, cuando tuvo que carenar sus naves, para librar sus cascos del escaramujo) que no haya pisado mi pie.

–Pues el callejón que está al lado del Templete, entre la Plaza de Armas y la avenida del Puerto, esa es la calle en cuestión y fíjate bien, que solo tiene ocho números, terminó diciendo Ignacio a la vez que me guiñaba un ojo como señal de complicidad.

No sabía dónde esconder la cara. Humillado, salí como un bólido de la terminal de ómnibus con destino a la dirección solicitada, no sin antes exclamar con un suspiro alargado:

–¡Caballero, qué poco conozco mi Habana!

SIEMPRE CONMIGO

Trato de escapar de ella y no puedo. Por mucho tiempo ha sido la sombra que a acompañado todas mis actividades, por mínimas e intimas que estas fueran. Cada día que pasa me pone más en entredicho, tratando de hacerme quedar mal. Conspira contra mi integridad física, logrando afectarme la salud, sin importarle cuanto pueda dañar mi estado emocional. Así de insensible es.

Hay amigos que me aconsejan no tomarla en cuenta, pero cuando trato de seguir la sugerencia, ella se hace sentir, robando mi tranquilidad con las poderosas armas que tiene siempre a su alcance. He probado las inimaginables formas para tratar de borrarla o por lo menos minimizar su influencia, pero imprudente como ella sola sabe serlo, se muestra a todos con toda la crueldad que la acompaña. Ha logrado que mi nombre quede en entredicho, pues los que me llamaban antes familiarmente, hoy comienzan a usar por su causa un nombre despectivo, que no quisiera escuchar, pero tengo que aprender a llevarlo con dignidad.

Si alguien me pregunta por ella o el tiempo que llevamos juntos me ofende, porque en mi juventud hacia alarde al mostrarla, pero ahora resulta una molesta compañera. Quizá logre, en algún momento, olvidarla, pero eso será bajo circunstancias especiales producto de un alemán que nadie quiere escuchar su nombre y no creo que esto pueda ser mejor que su recuerdo.

Al final, aunque resulte gravosa, no puedo vivir sin ella. No me puedo quitar la edad. Ni evitar que me llamen viejo.

MI AMOR POR ELLA

Parecerá mentira pero siempre te he amado, aun cuando era un niño y sabía existía una amplia diferencia en edad cronológica. Nunca nadie lo supo, hasta ahora, porque temía que alguien dudara de mi cordura.

Siendo un imberbe mozo pasaba horas contemplando tu figura, embobado con tus formas, hasta que mi madre en su regaño recalcaba que parecía un idiota mirándote, y ocultaba la mirada para que mi amor pasara inadvertido. No estabas a mi alcance, siempre has sido una dama "encumbrada" con tiara sobre tu cabeza y dureza metálica, pero me conformaba con atisbar la falda recogida sobre tu muslo derecho y tu mentón levantado en forma retadora, siempre te he conocido así y creo que es una de tus cualidades que más me atrae.

Hay quien dice que eres una "veleta" y te mueves según giran los vientos Qué me importa lo que digan, si para mi eres ejemplo de perseverancia siendo tu base la fortaleza que te sostiene en la Real Fuerza donde habitas. Sé que en alguna ocasión has caído, ¿Quién puede señalarte por eso? No importa cuántas veces las tormentas te han golpeado, siempre has vuelto a levantarte en tu pedestal. Tampoco importa me digan no eres esa original que todos esperan ver, eso no resta valor a todo lo que representas para mí. Sigues siendo esa figura de mujer que has sabido mantener una atracción especial y duradera.

No soy celoso, ni me molesta el que esperes por tantos años a quien fue tu amado, o que muchos te hayan pintado y te hayan dejado plasmada a través de sus cámaras fotográficas entusiasmados por tu atractiva figura. Soy capaz de compartirte con ellos, pues no creo ser el único que abrigue este sentimiento y devoción hacia ti.

Aunque en tu pecho llevas el medallón con el nombre de quien te hizo tan bella, solamente me motiva agradecer su obra y sin considerar que por tu estatura podías ser llamada pequeña, para mí, ocupas una enorme porción de mi corazón.

El día cuando dejé de verte seguí la orientación que indicaba tu cruz de Calatrava sostenida en tu mano izquierda, al buscar nuevos rumbos. Siempre fuiste y serás orientación de marinos y navegantes aprovechando la brisa impulsora.

La mitad de mi vida he estado lejos de ti, sin verte, añorando acariciarte con la mirada de mi amor platónico, uniendo mi suspiro al viento que recoge el salitre de la bahía de Carenas.

¡Cuánto significas para mí, Giraldilla! En tu figura muestras la grandeza histórica de esa Habana que todavía duele en el pecho cuando la menciono. Aun a mis años, continuó amándote.

SIN RENCOR

Me gustan los gatos, todos lo saben. Eso es algo que siempre me ha traído innumerables críticas; siendo Jorge quien más se burlaba de mí, como látigo a mi espalda, pero no le guardo rencor.

Los gatos tienen la pelambre suave y responden ronroneando a las caricias, son ágiles, pueden pasar de la inactividad a la acción con una velocidad inimaginable y sus retráctiles garras están guardadas listas para sacarlas en el momento que las necesiten. Hábiles cazadores, acechan a su presa esperando el momento oportuno para hacerlas sus víctimas. Jorge decía que los gatos son vagos como yo, pero no le guardo rencor.

En ocasiones cuando coincidíamos en algún lugar, hacia como broma el gesto de taparse la nariz, como si mi ropa tuviera olor a orine de gato, sin importarle el bochorno que me hacía pasar. Así y todo no le guardo rencor.

Varias veces caminando por el barrio escuchaba el maullido de un gato a mis espaldas. Era Jorge que imitando el sonido de los felinos me hacia mofa, logrando como un eco a su burla, la risa de los que le escuchaban. Quizás no me crean, pero no le guardo rencor.

Estoy parado frente al féretro en el cual descansan los restos mortales de Jorge, quien fue víctima de un accidente vehicular. Un auto lo atropelló dejándolo muerto y después el responsable se dio a la fuga.

Miro el rostro lívido del cadáver que aun mantiene el rictus de una sonrisa burlona y sólo me mueve repetir en voz baja: no te guardo rencor. ¿Por qué guardarle rencor?

Si nadie nunca sabrá, que quien estaba al volante de ese carro, era yo.

SOLUCIÓN

"¡Qué entre abogados te veas!", dice una maldición muy vieja y comprobé que tenían mucha razón quienes la usaban.

Después de digerir durante dos años una espera angustiosa sobre un reclamo interpuesto a la compañía aseguradora de mi casa. En la cual tuve que echar mano a un consultante, un abogado, un mediador y a una paciencia que no esperaba encontrar en mi personalidad, por fin iba a recibir mi cheque.

Cuando tuve en mis manos el preciado papel, con el cual pensaba resolver las reparaciones que requería mi hogar, comenzaron a surgir otras alternativas, que me hicieron cambiar mi sonrisa en un rictus de amargura.

Requería que fuere endorsado por cada una de las personas involucradas, pero además el banco donde tengo financiada mi casa y me conocen por más de veinte años de ser su cliente, no autorizaba transferir a mi cuenta corriente la totalidad de la suma, sino que se abrogaba el derecho de distribuir a su albedrio la cantidad total en distintas porciones.

Ya por ahí comencé a acumular vapor en la caldera, como si el cojín del asiento donde estaba sentado, estuviese hecho con la lava de un volcán en erupción

El seguro de protección del inmueble estoy obligado a comprarlo yo. Lo cobran de una sola vez, el mes que ellos decidan cobrarlo.

El que ha tenido que vivir el tiempo soportando las roturas he sido yo y ahora se bajaban con la noticia, que ellos toman la decisión de hacer lo que les venga en ganas, a la hora de distribuir la plata. Recordé cuando era muchacho y asistía los domingos a la matinée del cine de barrio, las películas del oeste de las que era un apasionado.

Ya fuera el personaje principal Tim Mac Coy, Hoppalón Cassidy, Gene Autry, Roy Rogers o El Llanero Solitario; siempre el dueño del banco resultaba ser el jefe de la banda de delincuentes que extorsionaban a los pobres vaqueros, para que con sus robos y su villanía perdieran su propiedad al no poder pagar la hipoteca.

Al parecer ahora no usan revólveres Colt, a los cuales nunca se le acababan las balas. En estos momentos están más sofisticados usando carros lujosos, teléfonos celulares y trajes de diseñadores famosos, pero siguen siendo los mismos bandoleros que en la época del antiguo oeste.

Buscar el contratista que llenara un sin número de papeles garantizando que serian efectuadas las reparaciones. Estúpidos (ya comienza a escaparse la presión del vapor por mis orejas) si el interesado en reparar las roturas soy yo, que quiero vivir como un ser humano, no como un salvaje en una choza.

Una llamada, la secretaria del abogado ordena detener toda actuación, porque la compañía de seguros había olvidado poner su nombre en el cheque y ellos tenían que controlar y supervisar los pasos de ese dinero.

No sin antes aclarar que en lugar del 10% que habíamos acordado en el contrato como pago por sus honorarios, habían subido al 33% porque hubo un litigio que no se esperaba y que en letras muy pequeñas por la parte de atrás, que posiblemente no había leído, subía en esas proporciones su pago.

Entre el consultante, los abogados y el contratista iba a resultar que para poder reparar mi casa (habiendo ganado la reclamación) tendría que parame con un vasito de cartón, en una de las más concurridas esquinas de esta ciudad, pidiendo a cada chofer una contribución voluntaria con el fin de lograr mi propósito.

Hay momentos en que las palabras sobran y los ojos gritan la carga emocional que nos ahoga.

El oficial del banco estaba acostumbrado a ver personas abrumadas por la pérdida de sus casas y propiedades como maquina indolente que cumplía con sus funciones tras una sonrisa ensayada y puesta en funciones muchas veces, pero en esta ocasión leyó en mis ojos algo más aterrador que un libro de Edgar Allan Poe. Esa mirada fría, de aquel que le da lo mismo chicha que limonada.

No era ya el dinero, no era ni siquiera los bienes materiales que podía representar mi propiedad. Es ese estado de frustración al saberte manipulado y exprimido por un engranaje en el cual te muele al caer entre sus dientes.

Me levanté de la silla, no dije una palabra, saliendo de la oficina en dirección a mi vehículo que se encontraba estacionado contiguo a la entrada del banco, abrí la puerta y saqué de la cajuela mi pistola.

Al retornar al banco, el guardia de seguridad se percató del arma en mi mano, trató de extraer la suya, pero resultó lento en su propósito.

El pánico fue total al sonido del disparo. Las cajeras se dejaron caer debajo sus mostradores buscando frenéticamente el botón de la alarma silente. Algunos clientes se tiraban al piso, mientras que sin apuro me dirigí a la oficina donde con expresión incrédula me aguardaba paralizado en su asiento, esa persona, la misma que minutos antes con mirada prepotente miraba por sobre mi cabeza, haciéndome sentir un insecto que podía aplastar a su gusto.

Ahora era yo el dueño de la situación, no era él quien estaba llevando el total control, sino el arma de la cual no quitaba los ojos. Para mí no era un empleado, era el menosprecio y el sucio juego de las entidades financieras que consideran al dinero como el instrumento que les da poder absoluto.

Al verlo cómo se le mojaba el frente de su pantalón al no poder contener el orine y su temblor incontenible, me dio por reírme y apretando el gatillo en repetidas ocasiones, vi rodar por el suelo la supremacía del capital.

Viré el cañón del arma en mi dirección y llevándola a la frente disparé. La presión de la caldera se escapó por el hueco de una bala de nueve milímetros. Se acabaron mis preocupaciones...

Salté en la cama, empapado de sudor y mirando a mí alrededor sin saber cómo orientarme:

"Uffff", exclamé, al darme cuenta que todo había sido una horrible pesadilla.

Volví a recostar mi cabeza en la almohada, no sin antes tener en cuenta cambiar la posición, para no seguir durmiendo del mismo lado. No quería que las pesadillas volvieran a quitarme el necesitado descanso de mi sueño.

SOÑÉ CON MARTÍ

Esta madrugada del día 28 de enero de 2010, tuve un sueño del cual no quería haber despertado.

La estatua que copia la figura de Martí, emplazada en el Parque Central de La Habana, cobró vida, bajó su brazo derecho siempre extendido y descendiendo del pedestal tomó una flor de las sembradas en dicho parque. Lentamente, la marmolea esfinge comenzó a caminar por las destruidas calles de mi otrora bella ciudad.

El blanco mármol resaltaba sobre el negro pavimento, más brillante, mientras el sol se hacía refulgente; mientras los comentarios de quienes lo veían transitar no dejaban de sorprenderme.

¿Quién es ese vestido de blanco? Se preguntaban la mayoría. Quienes tras tanta tergiversación, ignoraban a quien pertenecía esa figura egregia. ¿Será de las Damas de Blanco? Pero es un hombre, se respondían ellos mismos sin hallar explicación a lo que sus ojos observaban.

A medida que avanzaba, se iban sumando ciudadanos, quienes agrupándose, comenzaban a convertirse en multitud; los que movidos por la curiosidad, comenzaron a seguir sus pasos.

Pasó por frente al capitolio nacional y continuó su camino hasta el Parque de La India donde la cornucopia de la abundancia a los pies de esa escultura simbólica de La Habana, era solo un triste recuerdo. Ya en ese lugar lo esperaban policías y turbas represoras de los grupos de respuesta rápida, que trataron de impedir el libre tránsito del Apóstol.

La dura piedra, en la cavidad donde se enmarcaban los ojos, tomó un brillo tan reluciente, que aquellos que intentaron detener su marcha, cayeron al piso. Mientras que una voz convincente retumbaba al decir: "No me pongan en lo oscuro, a morir como un traidor...".

Es Martí, es Martí comenzaron a decir aquellos que por tantos años sucumbieron ante la falsa imagen creada de nuestro prócer. Es José Martí, el patriota. Estaba tan cerca de nosotros y no lo reconocíamos, repetían con gritos de estupor.

La imagen pétrea de Martí continúo su camino por la calle Reina, mientras se unían más y más personas, quienes veían convertirse en realidad las ansias de materializar sus esperanzas de libertad. Nada podía detener la ola arrolladora; ni tanques, ni fusiles, ni columnas de represores enviados por los que por tantos años avasallaron al pueblo cubano.

Continuó su marcha por la avenida Carlos III y desviándose a la izquierda, llegó la blanca estatua hasta frente al monumento enclavado en la Plaza Cívica, donde súbitamente desapareció.

Todo el pueblo quedó consternado. Gritos de: "Volvimos a perder a Martí", se escuchaban entre el llanto que surge de la frustración.

Pero la figura del Martí con su rodilla doblada, enclavada frente al edificio en forma de estrella, poniéndose en pie, se irguió en toda su estatura; pudiendo ser vista por todo el pueblo que abarrotaba la plaza sin haber sido forzados a concurrir, como tantas veces había pasado. La mole rígida cobró vida.

La muchedumbre impactada guardó silencio, esperando el mensaje del Maestro. Ese Martí por tanto tiempo olvidado, abrió sus brazos y levantando su amplia frente, dijo: "CON TODOS Y PARA EL BIEN DE TODOS".

SUPREMACÍA HUMANA

Un hombre después de naufragar su embarcación, tras luchar contra el mar y las olas, arribo a una pequeña isla donde se encontró que no tenia agua ni alimentos, solamente había arena y rocas. A escasos diez metros de la isla donde estaba, se encontraba otra pequeña isla cubierta de cocoteros.

Un estrecho canal de cristalinas aguas era lo único que tenía que cruzar para tener esos cocos. El único inconveniente para lograr su propósito eran las aletas que sobresalían de innumerables tiburones que nadaban entre las dos islas. El esfuerzo hecho y el sol, le hacían sentir sed y hambre, casi llevándolo hasta la frustración.

Observando la otra isla con detenimiento, en busca de hallar la forma de satisfacer sus necesidades, vio un mono que como rey y señor disponía de los cocoteros a su antojo. Pensó, no puede un primate con su inteligencia limitada disponer de todo lo que yo necesito, mientras yo, que poseo una mente superior, puedo hacer que el mono imitando mis acciones, ponga al alcance de esos cocos que tanto necesito. Si yo le lanzo piedras, el mono por instinto responderá lanzándome a su vez, cocos como respuesta. Se sentía muy feliz de haber ideado un método, que pondría a un ser inferior a su servicio.

Echó manos a la obra y tomando una piedra en sus manos, llamó la atención del mono, haciendo que se acercara a la orilla de la playa. Lanzó la piedra, la que impulsada por su desesperación, impacto al mono en la cabeza, haciéndolo con tanta fuerza, que lo mató en el acto.

La inteligencia humana fue derrotada ante lo imprevisto.

EL TOCORORO

En una noche de luna, escapando del hastío y aprovechando la frescura del rocío en las zonas tropicales; sentado sobre el tronco de un árbol que doblegó el embate de alguna tormenta, disfrutaba del brillo de las estrellas, cuando el ronroneo ensordecedor de los grillos fue roto por el canto de una lechuza.

Sobresaltado, viré mi rostro, para enfrentarme a unos enormes ojos que me miraban fijamente. Decir que me asusté, hubiera sido la palabra correcta, porque no estaba preparado para compartir el escenario con alguien ni tener compañía, aunque fuese un simple animal.

Riéndome de mí mismo, por haberme sorprendido a causa de la nocturnal ave, dije en voz alta, como para restar importancia a mi pasado susto:

–Hola, señora lechuza. Buenas noches.

–Buenas noches –respondió ella.

Quedé petrificado, nunca esperé que me respondiera el saludo, y miré a todos lados para comprobar que no hubiera sido alguien que, aprovechando mi soledad, estuviera tratando de gastarme alguna broma, pues nunca hubiera imaginado que un animal hablara.

–No te asombres que hable, por siglos los búhos y las lechuzas hemos gozado de fama por nuestra sabiduría, aquí donde me ves, domino cinco idiomas y conocimientos varios en muchas ramas de las ciencias.

Ahora si estaba atónito, pensé al dirigirme a ella como una burla, nunca recibiría respuesta, pero ya que había comenzado la charla, respirando profundo, tomé ánimo y me llené de valor para preguntarle:

–¿Por qué me has escogido para mostrar tus facultades?

–Decidí hacerlo, porque te he estado observando hace noches y percibo en ti un ser sensible a las quejas de la creación, eso es algo que cada día el ser humano pierde. Razón por la cual se ha roto la comunicación entre los animales y el hombre. Muchas veces no conocer nuestras costumbres y hábitos hace que el hombre, en su limitación, tema buscar respuestas a sus interrogantes sobre el mundo animal.

Mi ego se reconfortó al sentirme privilegiado de reanudar este encuentro con el reino animal.

–¿Me crees capaz de poder aprender de ustedes?

–No tan solo eso, te considero capaz de entendernos. Por esa razón quiero contante una historia que el mundo ha obviado, envuelto en sus problemas y olvidando los de otros, sin percatarse que formamos un conjunto armonioso en la naturaleza. ¿Conoces al tocororo?

Me dio pena mostrar mi ignorancia, pero no me quedó más remedio que reconocerla, al mover la cabeza de un lado al otro, enseñando en ese gesto mi negativa y dándole paso a la explicación que daría respuesta a mi desconocimiento.

Abriendo aun más sus ojos, los cuales en la oscuridad de la noche lucían imponentes, y después de acomodarse en el gajo sobre la que estaba posada, comenzó a decirme:

"Priotelus temnurus es el nombre científico del comúnmente llamado tocororo, es una especie de ave oriunda de la isla de Cuba y se le reconoce como el ave nacional, algo que no es sabido por la mayoría de las personas".

A cada palabra de la sabihonda ave quedaba pasmado, no solo por sus conocimientos de latín (que es el idioma que se usa para denominar las especies), sino además porque desconocía lo que ella me decía. Cuántas veces seres que consideramos ajenos a nuestra forma de vida son los que nos ilustran sobre cosas que al resultarnos común omitimos su importancia.

"Su nombre viene del sonido emitido en su canto, aunque en algunas regiones se le conoce también por el nombre que usaban los indios tainos para identificarlo: guatiní, o en inglés que se le llama "Cuban trogon" – continuó diciendo–: Es bello. La parte superior de la cabeza y la nuca son azul-violáceas, la rabadilla de color verde oscuro iridiscente, la garganta y el pecho blanco grisáceo, el vientre es rojo al igual que la base de la cola adyacente, los machos generalmente tienen el pecho de plumaje blanco y el vientre rojo. La cola es horquillada. Sus ojos son rojos y su pico oscuro por arriba y rojo por abajo; lo hacen distintivo tener los mismos colores que la bandera del país que lo ha nombrado su ave nacional. Es primo del quetzal, aunque menos vanidoso. Pudiéramos decir que es el humilde de la familia, pues le gusta mantenerse escondido en los lugares altos, sobre todo las montañas".

Al decir esto, me guiñó uno de sus grandes ojos para decirme en voz queda:

"Espero que no hagas comentarios, pues soy también amigo del quetzal y no quiero se sienta ofendido, si llegara a sus oídos que lo he llamado vanidoso, pero es que su largo plumaje lo hace lucir así".

Me acomodé en mi asiento y a medida que me inundaba de sabiduría, crecía mi curiosidad por conocer más de esa narración que estaba resultando muy interesante.

"El Tocororo se caracteriza por dos cosas que lo distinguen, no puede vivir enjaulado, ni lejos del lugar donde vive. Y te preguntarás el por qué de mi conversación sobre este amigo. Hace un tiempo, un gavilán ocupó el territorio donde vivía el Tocororo, quien llevaba una vida pacífica comiendo insectos, frutas y flores. Trayendo a consecuencias la amenaza de su tranquilidad y la seguridad de su especie. Su volar quieto y corto, tuvo que limitarse, ya que a veces resulta ruidoso, para no llamar la atención sobre su nido en el tronco de una palma real. Resultaba ser un viejo nido construido por un carpintero de cresta roja, ahora ocupado por su familia. El gavilán siempre en acecho, contaba con la ayuda de dos aura tiñosas, que como carroñeras, vivían de los despojos que él les dejaba de sus víctimas. Logrando que desde su encumbrada posición sobre una alta ceiba le avisaran sobre los movimientos de sus presas y así ensañarse en ellas".

Mi indignación crecía conforme escuchaba, llegando a moverme intranquilo y no dejando escapar las mínimas palabras dichas por la lechuza. Se me hacía difícil pensar que esas cosas sucedieran y todo el mundo ajeno a la tragedia. Aunque siempre hay una parte sensible en el humano que lo hace oponerse al abuso, desconocer no nos hace menos responsables y ese sentimiento me hacía sentir incomodo. Continuó diciendo:

"Un día en el mes de junio, cuando su pareja empollaba la nidada (ya que los tocororos anidan entre los meses de abril y julio), él se encontraba en busca de alimentos que llevar a su compañera, cuando sucedió la temida desgracia. A su regreso encontró su nido destruido y los restos inertes de lo que fue su familia.

Poniéndome de pie de un salto, que hizo aletear a mi interlocutora, exclamé:

–¡Qué gavilán malvado y cruel! Merece que un águila poderosa u otro animal, tan o más fuerte que él, le hagan lo mismo.

–La maldad en algunos es parte de su propia naturaleza y la complicidad de aquellos que viven de las sobras, los convierte en participes del abuso sobre los pacíficos. Aunque, también en muchas ocasiones la indiferencia de los que pueden evitarlo, se unen a los elementos que se combinaron; para que el tocororo se decidiera a cometer una locura.

–¿Qué sucedió después, atacó al gavilán? – Pregunté.

–No, la lucha hubiera sido desigual, las garras y el pico del gavilán están acondicionados para matar. Para él la crueldad es su forma de vivir. Sin embargo, el tocororo no cuenta con esas armas ni su manera de ser lo hace violento, aunque fuera provocado a serlo. La venganza nunca ha sido el método correcto de arreglar las cosas. Después de analizar su situación, tomó la decisión de abandonar su isla y volar al norte, lejos de su hábitat natural.

–Ah, entonces pudo vivir en otro lugar, comenzando otra nueva vida –fueron mis palabras, deseando desde el fondo de mi corazón, que ese hubiera sido el final de la historia. Todo el mundo espera que las cosas sucedan como en los cuentos infantiles, donde las desgracias, como por arte de magia, se transforman en felicidad.

–Eso hubiera sido fácil para el sinsonte que puede vivir en muchos lugares y se le encuentra en todas las islas del mar Caribe y en otras partes del continente americano, por eso se conoce por el nombre de mirlo en centro América y en Norteamérica como Mockingbird. Pero no para el tocororo.

"Cometes el mismo error de los que no entienden el significado de la palabra "endémico", es decir, exclusivo de un determinado lugar. El tocororo no pudo vivir lejos de su plaza de origen. Trató de sobrevivir, pero murió a orillas del pantano, un lugar muy distinto a donde rompió el cascarón de su huevo. Muy triste, apesadumbrado, sin el brillo de sus plumas y deseando cada día volar nuevamente en lo que fue su hogar. Añorando el verde de sus bosques, las alturas de sus montañas y la brisa refrescante que atraviesa de punta a punta el bello paisaje del cual era dueño y señor. Aparentemente sin causa justificada un día su corazón dejó de latir, aunque para muchos, ya estaba muerto desde el mismo instante que abandonó su isla".

Tanto la lechuza como yo nos quedamos en silencio. Yo, meditando el relato; ella, respetando lo absorto que estaba en mis pensamientos. Mi cabeza daba vueltas, pensando que el término de la palabra "endémico" estaría también aplicado a muchas personas, que como el tocororo mueren de una enfermedad, la cual muchas veces no se percibe a simple vista, pero que corroe el alma; la terrible añoranza.

Amanecía y la lechuza tenía que retirarse a su lugar de descanso, ubicado en el hueco de un jobo medio carcomido, donde se ocultaría hasta el oscurecer. El tiempo siempre se convierte en inexorable dictador que domina nuestras acciones.

-Por favor –le dije con voz que denotaba mi tristeza–: No te vayas sin decirme ¿Qué puedo hacer por los otros tocororos, aquéllos que todavía están a merced del gavilán?

Parpadeó dos veces, estiró las alas y sin decirme nada más, emprendió el vuelo, dejándome envuelto en la soledad de mi pregunta sin respuesta.

TOQUE PRIVILEGIADO

Era octubre de 1950, la multitud se agolpaba en los pasillos del Aeropuerto Internacional de Rancho Boyeros, de La Habana, y en las calles aledañas a la instalación (la gente parada bajo el sol tropical sudaba a cántaros), esperando estoicamente por la oportunidad de observar la famosa dama, aunque fuera de lejos.

Los cubanos pecan de aspaventosos y faranduleros. Ya había sucedido con el viaje de Tito Guisar, cuando sus admiradoras casi lo desnudan tratando de obtener pedazos de sus ropas. Provocando la desafortunada pregunta lanzada por el cantante. ¿Cuba es como el arroz Valencia, que no tiene machos? No tengo que explicar cómo cayó ese cuestionamiento entre los varones de la Isla atravesada en el mar Caribe.

Pero en este caso la esperada era aquella que se había ganado el sobrenombre de "la Doña", por su actuación en la película Doña Bárbara, basada en la novela del escritor venezolano Rómulo Gallegos, María Félix no solamente era una diva del cine mexicano, sino que era adorada por todo el público latinoamericano.

Al bajar de la escalerilla del vuelo privado que la llevó a La Habana, como lo reportan los periódicos de la época, produjo sonrisas y exclamaciones ¡Qué bella es! Porque en verdad lo era. Dueña de una enigmática personalidad, que unida a sus atributos corporales la hacían cautivante.

Después dejaron pasar los periodistas a la pista y junto a ellos entraron muchos que no fueron invitados pero aprovecharon la ocasión, agolpándose junto a la estrella.

No había dado unos pasos cuando paró en seco su andar, pálida y confusa, luego enrojeció hasta la raíz de sus cabellos, exclamando: ¡Es imposible!

¿Qué había ocurrido? Algo insólito, lamentable e impredecible. Aprovechando la jadeante confusión, una mano masculina se deslizó en modo inconveniente por el cuerpo de la artista, que supo reprimir un grito de asombro, pero por supuesto no pudo disimular su desagrado. Alguien había sopesado en forma manifiesta la firmeza de sus carnes en la región glútea.

No importa lo altiva que se mantuvo en esa su primera visita. Que repitiera en su entrevista con los reporteros su característico gesto de levantar una ceja, mostrándose fría y distante aun en el rato que pasó visitando Tropicana o en su breve presentación en el teatro América, donde salió al escenario y dijo solamente: "Mírenme". Que dejara el champan frío esperando por ella en la mesa del presidente Prío; disculpándose por una ligera indisposición y que también dejara plantado al influyente senador Hornedo, dueño del importante periódico *El País*, quien había preparado para homenajearla una cena fastuosa en el Casino Deportivo. Tampoco importa que fuera al compositor y exesposo Agustín Lara inspiración de su canción María Bonita.

Pero para Juanito Estévez, cubano desconocido a los medios informativos, apuntador de terminales y vecino del barrio de Jesús del Monte no sería nunca más la Doña, ni María Félix, ni siquiera María Bonita, sino para él, quien se podía dar con un canto en el pecho, podía llamarla en sus adentros, de ahora en adelante "María Nalguita".

UNA TARDE GRIS COMO AQUELLA

Mis arecas sudan gotas de lluvia, sustancia absoluta de la atmosfera húmeda, llena de emociones enquistadas y añoranzas frustradas. Las tardes grises son para mí, manantiales donde brotan sentimientos incontenibles añorando tu presencia.

Los recuerdos que el agua ha creado, ruedan cual corriente impetuosa, incontenible; arrollando todo lo que pudiera entorpecer su aflorar en mi mente. Gotas de agua, lluvia, ríos. Todas terminan en el ondoso mar, de la turbulenta pasión humana como reflejo móvil de un sentir invariable.

Llora el cielo, eso es la lluvia; llanto, aluvión de tristeza, pesares y gemidos de angustia que hacen eco al repique de las gotas cayendo contra el duro asfalto de la calle, semejante a las lágrimas que brotan de mis ojos. Juntos, la lluvia y mi llanto crearán los charcos que el suelo con su insaciable sed, desaparecerá mañana.

Mañana, palabra que significó tanta esperanza entre nosotros y que ahora representa solamente memorias provocadas por la melancolía, capaz de reabrir la herida dolorosa, que supura todavía recuerdos nunca olvidados, en una tarde tan gris como aquella, cuando te dije adiós, en una despedida eterna.

VELORIO A LA CUBANA

Entra mi mujer por la puerta y a bocajarro me suelta:

–Hoy tenemos velorio.

Pienso rápidamente: ñoooo, se me fastidio la novela. ¡Con lo buena que está!

–¿Quién se murió? –Indago, para por lo menos saber el grado de compromiso que tenemos, a ver si le puedo dar el corte o por lo menos mandarla sola.

–Fue la mamá de Panchita, una clienta mía, que la vieja estaba por guardar el carro hace varios meses, pero se le ocurrió morirse exactamente hoy viernes, con lo cansada que estoy –responde mi esposa.

Como si la gente escogiera un día determinado para morirse. Si es día entre semana, porque mañana hay que trabajar y si es fin de semana, te desgracian el weekend, en fin, que te parten por el eje.

–Pero ¿qué compromiso tengo yo con esa clienta tuya? –pregunto, tratando de quedarme en casa y no perderme uno de los últimos capítulos del culebrón, que me hace estar clavado en el reclinable frente al televisor todos los días a las nueve de la noche.

–Tú, ninguno, pero yo sí. No me vayas a decir que no vas conmigo, porque acuérdate que cuando murió la esposa de tu compañero de trabajo, me disparé en la funeraria hasta la una de la madrugada.

Las mujeres parecen llevar un record donde guardan todos los eventos donde nos acompañan por puro compromiso, para en momentos como estos pasarnos la cuenta. ¡Qué buena memoria tienen!

Salir de casa fue otra tragedia. Mi esposa queriendo que me pusiera un saco y yo negado de plano. Con estos calores de Miami, después de mucho tira y encoge, se transó por una guayabera. Si hoy día nada mas van de traje los dolientes (Porque no les queda más remedio), y los empleados de la casa mortuoria, porque se lo exigen.

En fin, que esa noche acompañe a mi esposa a la funeraria de un nombre tan formal y serio como las caras de los empleados que te reciben en la entrada cuando dices: "Fulanita de tal" con voz muy ensayada y gastada por el uso te contestan gravemente: "capilla A".

Llegar al lugar donde está el féretro y los familiares es un ritual. Con la vista tratas de pescar al doliente que tú conoces y cuando lo descubres, le partes para arriba a darle el pésame. No importa que en ese momento la rodeen más gente que la escolta del presidente de la nación. Te cuelas por entre todos y allá van las consabidas frases: "Lo siento; Ya descansó; te acompaño en el sentimiento". Puras formalidades.

Después, ese familiar se levanta y te da un tour por todos los parientes, diciéndote quiénes son y el grado de consanguineidad con el cadáver. Terminando obligatoriamente al lado del sarcófago para mostrarte la difunta, donde escuchas las otras expresiones repetitivas. Parece que está dormida, la maquillaron muy bien, se ve tan natural.

Nada más terminado el recorrido, te sientas en algún lugar que encuentras vacío, preferiblemente sillas. Los sofás y butacones de las funerarias tiene la cualidad que cuando te ubicas en ellos, después pasas enormes trabajos para poderte levantar, son trincheras, donde te hundes y para poder salir necesitas una grúa que te alce.

No pasan pocos minutos se aparece alguien con unas "coladas" de café, repartiéndoselas a todo el mundo en vasitos plásticos, aunque después todo el piso del salón quede manchado de gotas. No importa que en el lobby de entrada a la funeraria estén unos letreros en español e inglés prohibiendo pasar a las capillas nada de comer o tomar. Los cubanos entienden que el café no está incluido en esas categorías.

Se comienzan a formar grupos de acuerdo a lo que conversan.

Los achacosos: son aquellos que solo conversan de enfermedades. De lo que murió, lo que padeció. Te dicen donde tienen separado su servicio y en que cementerio quieren que lo entierren o si escogieron el Plan Celia Cruz (que le den candela), incineración, como si fuera comentándote del próximo crucero que van a tomar. Cuando alguien dice haber estado al borde del sepulcro, no hay quien falte diciendo: Lo tuyo no fue nada comparado con lo mío. Lanzando su perorata.

Los chistosos: los que se dedican a hacer cuentos y chiste, quienes en ocasiones se les escapa una carcajada, por más que la quieran evitar. Haciendo que algunos los miren con cara adusta, como recriminándoles el poco tacto al olvidar el motivo que allí los ha reunido, pero a su vez preguntando si alguien escuchó el chiste para que se lo digan a ellos.

Los pueblerinos: los que son del mismo pueblo de la familia de la difunta, quienes aprovechan para sacar las carteras cargadas de fotos y mostrar con orgullos sus ascendentes y descendientes. Quienes entre fuertes abrazos repiten: "estás Igualito", cuando momentos antes había estado sentado uno al lado del otro y no se habían dado cuenta que se conocían desde que eran niños.

Las chismosas: aquellas que lejos de los familiares comentan: No crean que ahora porque está muerta es buena, porque ella acabó con la quinta y con los mangos, en sus años de juventud. También fue tremenda con su nuera, por poco el hijo tiene que divorciarse. Qué Dios la lleve para donde estime conveniente, pero de santa ni un pelo. Haciéndole un traje bordado a la medida, hasta con dobladillo y todo.

Las modelos: esas son las que van a modelar sus vestidos y carteras de marca. Con espejuelos oscuros que llevan a su costado un letrero bien grande del fabricante. Esas generalmente después de hablar del trabajo que pasaron para parquear el Mercedes o el BMW, se encargan de restregarse unas a otras donde han ido y cuando serán los futuros viajes que piensan dar, señalando de vez en cuando hacía algún conocido, para que todos vean la enorme sortija que lleva enganchada al dedo.

Los políticos (esos no pueden faltar en ningún velorio de cubanos): esos saben cómo arreglar la crisis financiera, dirigir la política exterior o hasta dar solución al fraude del Medicare. Catalogan de comedores de excremento a todos los que no opinen como ellos o hayan votado por el partido contrario al que pertenecen. Las últimas bolas fresquitas acabadas de llegar de Cuba y el tiempo exacto que le falta a los Castro para caerse y quien va ser el disidente que llegará a ser presidente de la nación.

Son tantos y tan interesantes los temas que se tratan en el tiempo que dura un velorio, que en ocasiones cuando viene el cura o el pastor encargado de los servicios religiosos, tiene que limpiarse la garganta varias veces, haciendo que los concurrentes se percaten de su presencia para comenzar sus oficios y detengan la conversación.

Hace rato que los velorios dejaron de ser solo un lugar de recogimiento y luto, para convertirse en una reunión social. Allí se acuerdan citas, promocionan negocios, intercambian números de teléfono, direcciones cibernéticas, siendo lo más común escuchar la pregunta: ¿Punto *com* o punto *net*?

No podemos dejar de lado a aquel que hace el comentario. "Oye, que buena está la huerfanita o la viuda, me brindo para consolarla", porque el descarado es como el símbolo Pi en las matemáticas, tiene siempre su valor constante y está presente en todo circulo funeral.

Sin contar los que no saben modular la voz (los gritones), aquellos que se desenvuelven como si estuvieran hablando en el patio de su casa diciendo: "¡Mira quien está ahí!" y se entregan al ardoroso abrazo, que suena en las espaldas como un aplauso en el teatro.

La irreverencia con la difunta llega a rayar lo máximo, cuando comienza el concierto de alarmas que avisan las llamadas de los teléfonos celulares(a todos se les olvida apagarlo antes de entrar en la funeraria) Lo mismo se dispara un reggaetón, una bachata, que la novena sinfonía de Beethoven, sonando inmisericordes todo el tiempo que los esclavos de la tecnología, buscan a sus dictadores (sin los cuales no pueden vivir) en las enormes carteras sin fondo o en los atestados bolsillos de los pantalones.

¿Nos vamos? Me preguntó mi esposa después de haber pasado varias horas en el local. No me había dado cuenta lo rápido que pasó el tiempo, al dedicarme al análisis profundo y exhaustivo de lo que resulta ser "un velorio a la cubana en USA".

Nuestro compromiso editorial: hacer publicaciones de fácil lectura y diseño, promovemos a los escritores que expresan su verdadera esencia en sus libros. El lector disfrutará de la lectura y por tanto promocionará sus obras.

D'har Services
Editorial Arte en Diseño Global
www.dharservices.com
Teléfonos 1 877 223 1799 y 786 837 4567

Obras del autor publicadas con nuestra editorial:

Obtenlos en www.amazon.com

Primer obra del autor:

www.ingramcontent.com/pod-product-compliance
Lightning Source LLC
Chambersburg PA
CBHW020846260626
47169CB00003B/1166